KB042717

Return
of the Meister

Return of the Meister 1

초판 1쇄 인쇄일 2014년 11월 21일 | **초판 1쇄 발행일** 2014년 11월 25일

지은이 서 야 | **펴낸이** 곽중열 | **담당편집 팀장** 이범수
편집부 신연제 이윤아 김호성 김은경

펴낸곳 (주)조은세상 | **출판등록** 제 2002-23호
주소 경기도 연천군 미산면 청정로 1355
TEL 편집부 02)587-2966 | FAX 02)587-2922
e-mail bukdu@comics21c.co.kr

ⓒ서 야 2014
ISBN 979-11-5512-823-7 | ISBN 979-11-5512-822-0(set) | 값 8,000원

귀환 마이스터

1

Return of the Meister

서야 현대 판타지 장편소설

NEO MODERN FANTASY STORY

북두

(주)조은세상

CONTENTS

Return
of the Meister

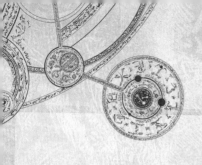

Return of the Meister

NEO MODERN FANTASY STORY

프롤로그

프롤로그

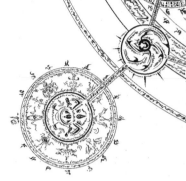

Return of the Meister

번쩍!

쿠르르르릉, 콰콰쾅!

연달아 치는 번가와 천둥은 마치 판테온 대륙 전체를 날려버리기라도 할 것처럼 끊임없이 포효하고 있었다.

솨아아아아아아!

그와 함께 내리는 장대비는 마치 대륙을 삼킬 듯, 미친 듯이 쏟아져 내리고 있었다.

판테온이란 곳이 얼마나 넓은 곳인가.

5개의 제국과 20여개의 왕국, 그리고 족히 50개는 될 정도의 소국들이 있는 곳이었다.

게다가 판테온대륙의 전역을 관통하는 산맥들은 또 얼

마나 많은가.

험준하기로 이름난 산들 중 아직 인간들의 발길이 닿지 못한 산들이 더욱 많을 정도였다.

대륙을 감싸는 바다는 빼고라도 그 넓이로만 친다면 지구의 두 배에 달하는 크기였다.

그렇게 드넓은 대륙 전역에 몰아치는 번개와 천둥, 장대비는 사람들에게 불안감과 공포감을 줄 수밖에 없었다.

판테온 대륙을 호령하다던 최강의 기사들조차도 바깥출입을 삼갈 정도였다.

어디 기사들뿐인가.

판테온 대륙을 주름잡는 수많은 마탑의 주인들조차 감히 나서지 못하고 있을 뿐이었다.

이를 두고 천문을 연구하는 학자들은 100년에 한번 일어나는 현상이라는 말만을 앵무새들처럼 반복했다.

크레온 현상.

기이하게 100년마다 딱 하루 동안만 일어나는 현상이다. 그 현상이 왜 일어나는지, 누가 크레온이라고 이름을 붙인 것인지조차 아는 이가 없었다.

판테온 대륙의 사람들은 궁금증을 해결하기보단 그저 하루 동안 외출을 삼가는 편을 택했다. 애초에 그 쪽이 편하니까.

자칫 연구를 하겠다며 밖으로 나갔다간 번개에 맞기 십

상이다. 모험 보다는 안전을 선택할 수밖에 없었다.

단 한 사람을 빼고.

드넓은 오리텐 광야 한가운데 백발의 노인이 우뚝 서 있었다. 백의 로브를 걸치고 있는 노인은 비를 막아줄 두건마저 벗어 던진 채 그대로 비바람을 맞고 있었다.

그의 머리카락은 은처럼 빛났으며 허리까지 닿을 정도로 매우 길었다.

하지만 지금은 그 은발의 머리카락이 비바람에 사정없이 그의 얼굴과 머리를 휘갈기면서 춤을 추고 있었다.

그럼에도 노인은 전혀 개의치 않았다.

아니, 그의 얼굴은 이미 무언가에 잔뜩 상기된 듯한 표정으로 가득 찼다.

갑자기 그가 광천대소를 터트렸다.

"으하하하!"

아무도 없는 오리텐 광야에 노인의 광기어린 웃음소리만이 울리고 있었다.

누군가 그 웃음소리를 들었다면 등골이 오싹해졌을 것이다.

이안 백 구르텐 판 드니오 진혁 최.

판테온 대륙의 긴 역사를 다 합쳐서 세 번째로 9서클의 마법사에 오른 자.

한 평생을 오직 마법에만 몰두한 나머지 괴팍하고 또 괴팍한, 기이하기 그지없는 성정을 가졌다는 평을 듣는 자.

그에겐 전신을 두들겨 맞을 것만 같은 장대비도, 엄청나게 진동하는 천둥도, 번개도 문제가 아니었다.

미친 듯이 웃던 이안은 하늘을 우러러 쳐다보았다.

"100년의 시간이 드디어 지났다."

그는 회한에 젖은 듯한 우수 깊은 눈으로 하늘을 우러러 쳐다보았다.

그는 마법지팡이를 쥐고 있는 오른 손에 힘을 주었다. 그가 애지중지하는 물건이었다.

그리고는 이내 결심이라도 한 듯이 손에 쥔 마법지팡이를 힘 있게 땅을 향해서 박았다.

"가자!"

그의 입에서 터져 나오는 노성.

그 노성을 기다리기라도 했듯이 하늘에서 번개가 그를 향해서 내리꽂았다.

번쩍.

우르릉 콰쾅.

그와 동시에 지축을 삼킬 듯한 천둥이 연이어 오리텐 광야를 뒤흔들었다.

우지지직.

찌익지이익.

지이이이익지익.

드래곤에게서 얻었다는 전설의 마법지팡이 구르갈이 일순 두 조각으로 갈라지기 시작했다.

그 누가 예상이라도 했을까.

구르갈은 예사 마법지팡이가 아니었다.

십만 년에서 이십만 년까지 산다는 드래곤이 천수가 다해 흙으로 돌아갈 때 마지막 남긴 드래곤하트가 씨앗이 되어 자란 나무를 가지고 만들었다.

드래곤 사이에서도 진정한 마스터만이 가질 수 있는 진귀한 아티팩트, 구르갈.

그런 구르갈이 인간인 그의 손에 있는 것도 놀랄 일이었다.

그런데 겨우 이까짓 번개 따위에 두 조각으로 갈라질 줄이야.

'됐다.'

이제는 백발이 된 대마법사의 얼굴에 기쁨이 가득차기 시작했다.

번쩍.

퍼어억.

쩍!

우지지지직.

파곽파파곽.

마침내 구르갈이 연달아 내리치는 번개의 위력을 당해

내지 못하고 산산조각나버렸다.

그리곤 광야엔 아무것도 존재하지 않았다.

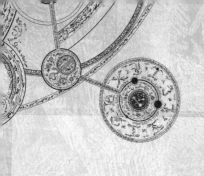

Return of the Meister

NEO MODERN FANTASY STORY

1. 오차

1. 오차

아직 잎이 파란 단풍나무들은 이곳이 그가 떠났을 때와 같은 여름임을 알 수 있게 해주었다.

사시사철 맡을 수 있는 소나무의 향긋한 내음은 그가 고향에 돌아왔음을 일깨워주었다.

여기저기 널려있는 울퉁불퉁한 바위들과 이름을 알 수 없는 여러 가지 잡초들은 그에겐 그리운 모습들이었다.

100년 만에 보는 그리운 곳.

관악산의 익숙한 광경이 눈에 들어왔다.

진혁은 또 다시 광천대소를 터트렸다.

"돌아왔다!"

이곳도 그곳과 마찬가지로 비가 내리고 있었다.

하지만 판테온 대륙에서 그랬던 것처럼 온 세상을 집어 삼킬 듯한 정도는 아니었다.

온 세상을 부드러이 촉촉하게 적히는 빗방울은 진혁의 뺨을 어루만지며 흘러 내려가고 있었다.

마치 잘 돌아왔노라며, 그동안 고생이 많았다며 그를 위로하는 것 같았다.

진혁은 자신의 뺨에 흐르는 빗물을 닦아내면서 회한에 젖었다.

매화당.

아주 어렸던 적에 자신과 쌍둥이 동생들이 이곳에 붙인 이름이었다.

등산로를 따라 걷다가 옆으로 살짝 빠져나오면 도착할 수 있는 곳이다.

주변을 감싼 소나무와 단풍나무가 빼곡히 들어차 있는 덕분에 이렇게 넓고 탁 트인 공터가 나올 것이라곤 예상할 수 없는 곳이기도 했다.

하지만 인적이 드문 것은 그 이유 때문만은 아니었다. 산 정상이 눈 앞에 보이는데 그저 호기심만으로 길도 없는 이곳으로 빠질 등산객은 그리 많지 않다는 점이 결정적이었다.

쌍둥이 중 여동생 소희는 등산 자체를 싫어했고, 남동생 진혁은 등산을 하기엔 너무나 바빴다. 어쨌거나 그런저런 이유로 이곳은 어렸을 적부터 진혁만의 공간이 될 수 있었다.

"그날 그일이 일어났었지."

진혁은 회한에 가득 찬 목소리로 중얼거렸다.

100년 전 군대에서 전역한 날, 바로 집으로 향했어야 했었다.

아니, 그는 집으로 가고 있었다.

그가 살던 봉천 8동 쑥고개 시장은 관악산 밑자락에 위치하고 있기도 했다.

엉뚱하게 집으로 가다 집근처에 있는 관악산으로 향한 것이 그의 인생 전체를 통틀어 가장 큰 실수라면 실수일 터였다.

'도대체 내가 왜 그랬던 건지.'

대관절 무슨 바람이 들어서 집으로 향하다 말고 관악산 쪽으로 발길을 돌렸는지.

어쩌면 불명확한 미래가 주는 압박감에 짓눌려서일지도 모른다.

군대에 가있는 2년 내내 고민했지만 그는 제대할 때까지도 자신의 진로에 대해선 결론을 내리지 못했었으니까.

고민에 찬 모습을 어머니에게 보이고 싶지 않았다.

자신의 양 어깨를 짓누르던 압박감을 더는 견디기가 힘들었던 것이다.

어린 시절부터 즐겨 타던 관악산이 멀리서 눈에 보이자 마치 무언가에 이끌리듯이 관악산을 타기 시작했다.

그리고 마지막 기억나는 것이 갑작스럽게 쏟아지던 비, 그리고 그의 머리 위를 내리치던 번개.

정신을 차렸을 때는 이미 그는 판테온이라는 전혀 듣도 보도 못한 새로운 세계에 와 있었다.

나중에 안 일이지만 100년에 한 번씩 지구와 판테온사이에 차원의 문이 열리고 있었다.

그에게 있어선 그야말로 있을 수 없는 일.

100년에 한 번, 그것도 수많은 조건들이 충족되어야만 가능한 차원의 문에 엉겁결에 빨려들어가게 된 셈이었다.

들어오는 건 맘대로지만 나가는 건 아니라는 말이 있듯이 그가 판테온에서 지구로 돌아오기까지는 그야말로 뼈를 깎는 노력이 필요했다.

판테온에서 지구로 돌아가는, 차원의 문을 여는 그 조건이 너무나 까다로웠기 때문이었다.

정확히 차원의 문이 열리는 그 시간에 사하라 사막이나 고비 사막보다 몇 배는 더 넓고, 황량하기까지 한 오리텐 광야의 한복판에서 마법진을 설치해야 했다.

마법진을 설치한다는 게 말로는 쉬워도 현실적으론 거의 불가능한 일이나 마찬가지였다. 천문학적인 숫자의 마정석, 마나석이 필요했다.

　게다가 그 마법진 한복판에 드래곤들 사이에서도 희귀한 물건으로 인정되는 구르갈 마법지팡이를 내리꽂아야 하는데 그 과정에선 아주 미세한 실수조차도 없어야 했다.

　자칫 마법진의 정중앙이 아닌 옆으로 살짝만 삐끗해도 차원의 문에서 어떤 일이 일어날지는 아무도 몰랐다.

　거기에 보다 현실적이고 중요한 문제점이 하나가 더.

　그런 마법진을 설치하고, 구르갈을 다룰 수 있는 마법사가 되려면 최소 7서클이상은 되어야 한다는 것이었다.

　결론적으로 판테온 대륙 전역을 통틀어 가장 부유하면서도 대마법사로 추앙받을 수 있는 인물 정도는 되어야 그 모든 조건을 충족시키는 것에 시도라도 해 볼 수 있다는 것을 의미했다.

　물론 이것도 구르갈 지팡이를 얻는 문제는 차치하고서의 이야기였고.

　진혁은 그 무모함에 도전했다.

　다시 지구로 돌아갈 수 있다면 목숨까지도 바칠 수 있다는 각오로 마법에 미친 듯 몰두했다.

운이 좋았던 것인지, 아니면 천무적인 재능이 있었던 것인지 진혁은 판테온 대륙의 사람들보다 훨씬 더 빠르게 높은 경지에 도달할 수 있었다.

훗날 9서클에 올랐을 때, 그는 그 이유를 알아냈다.

마나가 희박한 지구의 사람들이 마법을 배우면 오히려 마나가 풍부한 곳에 있는 사람들보다 훨씬 더 빠르게 마나를 축적할 수 있다는 것이었다.

그뿐인가.

천운이 따라 구르갈도 얻게 되었다.

그가 판테온에 온지 37년만의 쾌거였다.

그리고 그는 나머지 63년을 기다렸다.

그 시간 동안 판테온에 대한 갈등이 아주 없었던 것은 아니었다.

그를 스쳐간 판테온에서의 수많은 인연들.

그 중 애지중지하는 제자들을 놔두고 떠나는 것은 가장 마음이 아팠다.

물론 10서클에 대한 미련 역시 아주 없다면 거짓말이리라.

하지만 마법사로서의 욕심보다, 판테온에서 동고동락한 제자들보다.

더 그를 강하게 이끄는 것은 바로 지구에 남아있는 가족들이었다. 특히 어머니를 향한 그리움과 책임감이 더욱 그를 짓눌었다.

'여전하다.'

진혁은 감동어린 눈빛으로 매화당의 주변을 훑어보았다.

사실 관악산에 존재하는 나무며, 바위가 특별히 달라질 일이 없는 건 지극히 당연한 일이었다.

하지만 그 당연한 사실이 지금의 진혁에겐 너무나 기뻤다.

판테온 대륙의 최고 마법사 이안 백 구르텐 판 드니오 진혁 최가 드디어 자신의 고향으로 돌아온 것이었다.

'아차, 서클.'

진혁은 자신이 지구로 돌아와 너무 추억에 젖은 것을 깨달았다.

가장 중요한 것을 잊을 뻔 했다.

마법사에게 있어서 가장 중요한 것은 서클의 수다.

그는 조마조마한 마음으로 자신의 가슴 쪽을 관조했다.

그 순간, 그의 얼굴엔 실망스러운 기색이 피어 올랐다.

응당 있어야 할 9개의 서클이 모두 다 사라졌다.

진혁의 심장이 요동쳤다.

서클이 전부 사라지다니!

'침착하자. 침착하자.'

진혁은 심호흡을 하며 스스로를 진정시켰다.

그러는 동안에도 그의 가슴은 타들어갔다.

이마에 구슬땀이 맺히기 시작했다.

'이렇게 끝나는 건가?'

그때였다.

도저히 나타날 것 같지 않던 서클이, 그의 가슴에서 희미하게 빛을 발하면서 떠올랐다.

두 개나마 서클을 되찾은 것에 대한 안도가, 동시에 나머지 일곱 개를 잃어버렸다는 실망감이 그의 마음을 강타했다.

진혁이 눈을 감았다.

차원의 문을 넘어 오며 각오는 했다. 하지만 막상 이렇게 닥치고 보니 허무하기 짝이 없었다.

진혁은 고개를 들어 하늘을 올려 보았다.

마법이 없다면 지구에서 그의 미래는 과거와 마찬가지로 불확실할 수밖에 없다. 그는 그 자리에 서서 하늘을 향해 두 팔을 크게 벌렸다.

여기저기 공기 중에 흩어져 있던 마나들이 한줄기 바람처럼 서로 뭉쳐지며 진혁에게로 들어오기 시작했다.

하지만 그 양은 너무나 미비했다.

지구로, 가족들의 품으로 돌아올 수만 있다면 그 모든 것을 포기할 수 있으리라 생각했건만. 실망감을 떨쳐낼 수가 없었다.

"이안 백 구르텐 판 드니오 진혁 최!"

판테온에서 그를 상징하는, 그의 풀 네임이었다.

이름은 그 사람이 어떤 자인지를 알려준다.

7서클 이상 되는 대마법사의 경지에 오른 자들에게 수여되는 구르텐.

황족, 혹은 그에 준하는 작위를 얻게 된 자들에게 수여되는 판.

그것들만 보더라도 그의 풀 네임은 고귀함 그 자체다.

진혁이 지금 그 이름을 외치는 것은 자신이 어떤 자인지를 잊지 않기 위해서였다.

비록 서클이 사라졌다고 해도 진혁은 '구르텐'이자 '판'이며 또한 지구에서 최진혁으로 살아온 자다.

그는 두 손을 들어 자신의 양쪽 관자놀이를 툭툭 치면서 자신의 이름을 되뇌었다.

판테온세계에 있으면서 생긴 버릇이었다.

막히는 일이 있을 때마다 이렇게 자신의 이름을 부르다 보면 자신이 누구인지, 자신이 성취해야 할 일이 무엇인지 되새김질 했다.

자신에게 동기부여를 하는 셈이었다.

그 순간, 진혁은 무엇인가 잘못됐음을 깨달았다.

'내 목소리가?'

그제서야 최진혁은 귓가에 들리는 자신의 목소리가 이상해졌다는 것을 깨달았다.

마치 변성기가 덜 지난 소년의 앳된 목소리 같다고나 할
까.

'설마……'

강렬한 불안감이 밀려왔다.

그와 동시에 오래전부터 그를 괴롭히던 걱정거리들이
그 고개를 치켜 들기 시작했다.

애써 누르고 있던 걱정들은 한번 터지자 봇물처럼 그의
머리를 강타했다.

처음엔 지구로 돌아온 것이, 그리웠던 장소로 돌아온 것
이 마냥 기쁘기만 했다.

하지만 만약 이곳에서 100년의 시간이 흘렀다면?

이미 가족들은 이 세상 사람들이 아닐 것이다.

그렇게 되었다면 돌아온 것이 의미가 없게 된다.

이미 판테온에는 그가 애정을 쏟아 가며 양성한 제자들
이 있다. 그들을 매몰차게 버리기까지 하며 돌아온 지구인
데 가족들이 더 이상 존재하지 않는다면?

'아니야. 분명 두 세계의 시간은 별개다. 같이 흐르지
않아.'

자신이 조사한 것을 믿고 싶었다.

하나의 의문을 억누르자, 또 다른 의문이 떠올랐다.

'제대로 찍었겠지……'

진혁은 자신이 마법지팡이 구르갈을 차원의 문 마법진

정 가운데에 정확하게 내리꽂았을 거라고 믿고 싶었다.

자신의 목소리가 이상한 것도 그저 차원의 문을 넘어오며 청각에 약간의 이상이 생겼기 때문이라고만 믿고 싶었다.

그때였다.

말도 안 되는 일이 벌어졌다.

"얘, 뭐하나 물어봐도 될까?"

부스럭 거리는 소리와 함께 한 여자 아이의 코맹맹이 목소리가 들려왔다.

진혁은 소리가 나는 쪽을 향해서 천천히, 아주 천천히 몸을 돌렸다.

마치 한편의 슬로우비디오처럼.

그의 얼굴은 아주 오랜 옛날의 망령을 보기라도 한 것처럼 하얗게 질려 있었다.

그는 자신의 눈을 의심했다.

지금 그의 앞엔 세 명의 여자가 서 있었다.

20대 초반 즈음의 여자 두 명과 앳된 외모의 소녀 하나.

그녀들은 당황한 얼굴을 하고 있었다.

진혁은 한 눈에 그녀들이 등산로에서 벗어나 길을 잃었음을 알아차릴 수 있었다.

그녀들은 자신들을 향한 진혁의 표정, 눈빛에 겁을 집어먹었다. 사람이라곤 찾아보기 힘든 산중에서 이상한 남자를 만났다. 무섭지 않을 수가 없다.

진혁은 자신을 향한 그녀들의 시선이야 어떻던 간에 신경조차 쓰지 않았다. 그는 그저 자신의 기억과 그녀들의 모습을 맞춰 볼 뿐이었다.

분홍색 등산점퍼, 주황색 등산조끼, 파란색 점퍼……

모든 것이 그 때와 같았다.

그 때에도 저 차림들이었다.

애서 자신의 기분을 감추기 위해 노력했지만 그의 표정은 기괴하기 그지없었다. 그녀들에게 진혁은 두렵고, 기분이 나쁘기만 한 남자였다.

"그냥 가자."

자신들을 향한 진혁의 태도에 겁을 먹은 것인지 파란 색 점퍼를 입은 그녀가 분홍 점퍼의 여인에게 말했다.

딱 봐도 미녀라는 걸 알 수 있는 분홍 점퍼의 여인이 고개를 저었다.

"그래도 길은 물어봐야지. 우리 여기가 어딘 줄도 모르잖아?"

그녀가 용감하게, 그리고 비장한 얼굴로 진혁에게 다가섰다.

그 모습에 진혁은 피식 웃음을 터트렸다.

상황이 명확해졌다.

모든 것이 그 때와 똑같았다.

심지어는 저 대화조차도.

그 때와 다를 게 있다면 오직 자신 뿐이다.

그는 한 차례 호흡을 가다듬으며 그녀들의 행동을 주시했다.

이 다음으로 나올 말은 무엇인지.

뻔히 알면서도 진혁은 그 말이 나오지 않기를 바라고 또 바랬다.

"저기… 얘, 있잖니."

그녀가 약간은 떨리는 목소리로 입을 열었다.

용감하게 나섰을 때와는 사뭇 달라진 모습이다.

그 속내야 어쨌든 간에 자신을 노려보는 남자의 앞에서, 그것도 이곳처럼 다른 사람들과 마주할 수 없는 외딴 곳에서 길을 물어본다는 것은 여인에게 있어선 여간 어려운 일이 아니다.

상대는 이제 갓 소년의 티를 벗어나고 있는 남자일 뿐이다. 그녀에게 있어선 귀엽기 그지없을 나이이건만, 소년에겐 감히 범접하기 어려운 위화감이 느껴졌다.

저 앳된 외모의 뒤에 두려운, 그러면서도 너무도 강대한 뭔가가 웅크리고 있는 것만 같았다.

"삼막사 쪽으로 가려면…… 어디로 가야 하니?"

그녀가 조심스레 말했다.

삼막사.

결국 그 단어가 나와버렸다.

진혁은 지긋이 눈을 감았다.

그는 자신의 어처구니 없는 실수에 실소를 터트렸다.

이곳에 돌아와 자신의 몸을 스캔했을 때 알아챘어야 했다. 나름 꽤 뛰어난 마법사라 자부했건만, 이런 말도 안 되는 실수를 하게 될 줄이야.

"얘…… 우리가 길을 잃어서 그러는데. 길을 좀 알려줄 순 없을까?"

분홍색 점퍼의 그녀, 화영은 초조한 목소리로 재차 말했다.

화영은 무척이나 당황하고 있었다.

관악산에서 10분도 채 안 되는 곳에 있는 동네에서 태어나고 자란 그녀다. 자주 찾아오지는 않는다 하더라도 관악산에서 길을 잃을 정도의 그녀는 아니었다.

관악산의 등산로란 등산로가 모두 그녀에게 있어선 제 손바닥처럼 훤했으니까.

더구나 오늘은 날씨도 맑았다.

등산하기에 딱 좋은 날씨란 생각이 들어 방학 중인 동생과 친구를 데리고 관악산으로 찾아왔는데.

느닷없이 보슬비가 내리기 시작했을 때까지만 해도 관악산은 낭만적으로만 느껴졌다. 이런 곳에서 백마 탄 왕자님을 만날지도 모르겠다며 자기들끼리 농담도 주고 받았을 정도였다.

그런데 길이 갑자기 어지러워졌다.

마치 무언가에 홀리기라도 한 것처럼.

정신을 차렸을 때, 그녀들은 생전 처음 보는 곳에 도착해 있었다.

그녀는 주변을 살짝 둘러 보았다.

관악산에 이런 곳이 있다니.

그야말로 아늑하고, 절로 마음이 편해지는 곳이었다.

'감탄만 하고 있을 때가 아니지.'

그녀는 친구와 동생의 얼굴을 살폈다.

동생 화진의 입은 삐죽이 튀어나와 있었다.

저 시한폭탄 같은 기집애가 짜증을 터트리기 전에 어서 길을 찾아야만 했다.

그러다가 눈 앞의 이 소년을 발견하게 됐다.

"길 좀 알려주면 안될까?"

그녀가 어색하게 미소 지으며 말했다.

그 목소리에 진혁의 이맛살이 찌푸려졌다.

귀찮다.

이 여자들과는 한 마디도 말을 주고 받고 싶지가 않았다. 특히 이 여자와는 더더욱.

진혁은 대답 대신 오른 쪽에 있는 너럭바위 쪽을 손으로 가리켰다.

"저 쪽으로 가면 되는 거니?"

화영이 너럭바위 쪽으로 시선을 옮겼다.

진혁은 대답하지 않았다.

"얼마나 가야 해?"

그녀가 또 다시 반문했다.

진혁의 이맛살 주름이 한 층 더 심해졌다.

그가 오른 손을 활짝 펴 보였다.

"5분?"

어라, 짜증 내면서도 얘기 해 줄 건 다 해 주네?

그런 생각이 들자 화영은 싱긋 미소지었다.

다행히 등산로를 아주 벗어난 건 아니었다.

조금만 움직이면 다시 등산로에 들어설 수 있을 것이다.
화진이의 짜증도 덜어낼 수 있을 것이고.

그렇게 생각하며 화영은 진혁의 모습을 살폈다.

진혁은 자신들이 어서 이곳에서 나가기만을 바라는 것
같았다.

문득, 이대로 곱게 진혁이 바라는 것처럼 나가주기는 싫
다는 생각이 들었다.

상대는 고작 열 대여섯살 정도의 아이일 뿐이다. 그런
녀석에게 이렇게까지 위축되어 겁을 먹었던 게 약이 올
랐다.

한 번쯤은 놀려줘도 괜찮겠지?

그녀가 진혁이 앉아있는 바위 쪽으로 몸을 살짝 숙여 그

의 귓가에 대고 속삭였다.

"고마워. 누나 이름은 화영이야. 혹시 다음에 우연히라
도 만나게 되면 누나가 밥 사 줄게."

달콤하고도 보드랍고, 촉촉하기까지 한 그녀의 목소리
가 진혁의 귀를 간질였다.

진혁의 얼굴이 순식간에 홍당무라도 되는 양 시뻘겋게
달아 올랐다. 화영의 몸에서 살포시 전해져 오는 살내음이
그렇게 향기로울 수가 없었다.

여인을 모르는 것도 아니건만.

진혁은 자신의 마음을 진정시키기 위해 전력을 다 했다.

이 일은 절대로 익숙해 질 수가 없을 것이다.

단순히 그녀가 자신의 귓가에 대고 속삭였을 뿐인데.

그저 짓궂은 장난일 뿐이라는 걸 알고 있는데.

거기에 이번으로 두 번째 당하는 것임에도.

"화영이 너, 너무 과감한 것 아니니?"

"호호호."

당사자들은 가만히 있는데 뒤의 두 여자가 난리였다.

"얘 얼굴이 완전 시뻘게졌잖아. 화영아. 순진한 애 놀리
면 못 쓴다?"

"얜 그래도 돼. 아까 우리를 무시했잖아."

"그래도 그렇지."

"뭐 어때? 뿌리는 대로 걷는 법이야."

화영이 친구와 함께 주거니 받거니 하며 떠들었다. 그러는 동안에도 진혁은 심호흡을 거듭하며 자신의 감정을 추스르는 일에 전념할 뿐이었다.

"쌤통이다."

화진이 입술을 삐쭉 내민 채 말했다.

그 모습을 본 진혁의 얼굴이 벌레를 씹은 양 구겨졌다. 급격한 피로감이 올려왔다.

차원의 문을 넘어왔다는 것보다 화영에게 이런 장난을 당한 게, 화진의 저 목소리를 들었다는 게 더욱 피곤했다.

진혁의 시선이 화영을 향했다.

모든 게 그 때와 같았다.

정말 그대로였다.

묘한 색기를 풍겨 대는 저 여우같은 얼굴이며, 기고만장한 저 표정, 심지어는 콧등의 점까지.

"이젠 좀 나아졌나봐. 째려본다."

화진은 자신을, 언니를 노려보는 진혁을 향해 비꼬듯 말했다.

좀 전만 하더라도 진혁의 모습에 살짝 겁을 집어 먹었던 그녀이건만. 화진의 그 기습공격에 진혁의 포커페이스가 무너지니 자기가 하이에나라도 되는 양 진혁을 이리저리 비꼬아대고 있었다.

"꺼져."

진혁이 나지막한 목소리로 말했다.

"어머, 말도 희한하게 하네."

화진은 오히려 진혁의 그러한 모습이 재미있다는 반응
이었다.

"그만 놀려, 화진아."

화영이 그런 화진을 나무랬다.

병 주고 약 주는 꼴이긴 하지만 이쯤해서 그만두는 게
좋을 것 같았다.

"그만 가자."

화영이 동생 화진과 친구의 등을 떠밀었다.

그러면서 그녀는 진혁의 모습을 한 번 쳐다보다가 다시
고개를 돌렸다.

좀 전의 그 분위기에 압도당했던 것 때문에 약이 올라서
살짝 놀리긴 했는데 묘하게 매력적인 녀석이다. 이대로 헤
어지는 게 아쉬웠다.

"호호호, 잘 있어라."

그런 화영에게 이끌려 멀어지면서도 화진은 큰 소리로
진혁의 말투를 흉내 냈다.

진혁은 무표정하기 그지없는 얼굴로 그런 화진을, 화영
의 모습을 번갈아 쳐다봤다.

그 때, 화영과 시선이 마주쳤다.

화영이 미안하다는 듯 미소지으며 살짝 고개를 끄덕였다.

끄덕.

진혁이 엉겁결에 그녀를 향해 마주 고개를 끄덕였다.

그러며 진혁은 세 여자가 자신의 시야에서 사라지는 것을 지켜보다가 이내 눈을 감아버렸다.

그녀들의 발걸음에 나뭇잎이 바스라지는 소리, 그녀들의 말소리……

그런 것들이 점점 희미해져갔다.

모든 것이 처음과 같이 고요해졌다.

이제 다시 현실과 마주해야 할 시간이다.

진혁이 천천히 눈을 떴다.

"후……."

절로 한숨이 새어 나왔다.

그는 판테온에서의 마지막 순간을 떠올렸다.

그는 분명 마법진의 정 가운데의 점을 향해 구르갈을 찍어 내렸다.

그리고 그 때, 번개가 쳤다.

그의 바로 앞으로.

'설마……'

그의 얼굴이 또 다시 처참하게 일그러졌다.

번개가 치던 바로 그 순간, 자신의 몸이 아주 살짝 휘창거렸던 것 같았다.

그랬었다는 걸 믿고 싶지가 않았다.

하지만 믿을 수밖에 없었다.

그 결과가 바로 지금의 이 상황이 아니던가.

진혁은 어이가 없다는 얼굴로 땅바닥에 털썩 주저앉은 채, 바위에 머리를 얹고서 하늘을 올려 보았다.

16살이었던 때.

첫사랑을 처음 만났던 그 날로 돌아와 버렸다.

아주 나쁘지만은 않다.

상당부분 힘을 잃기야 했지만 가족들은 만날 수 있을 테니까.

"가만……."

나지막이 중얼거리던 진혁의 눈빛이 일순간 달라졌다. 그가 자리에서 벌떡 일어나 매화당을 빠져나갔다.

❖

진혁은 정신없이 집을 향해 달려갔다.

마음 같아선 마법을 이용해 매화당에서 집으로 훌쩍 날아가고 싶었다.

그러나 그렇게 할 수가 없었다.

겨우 2서클인 플라이 마법조차도 제대로 사용할 수가 없었다.

그의 가슴에 있는 두 개의 서클은 아직 채 안정화조차

되지 않은 상태였다.

서클을 안정시키려면 좀 더 많은 마나가, 그리고 시간이 필요했다.

'지금은 이렇게라도 할 수밖에.'

그는 1서클의 신체강화 마법을 사용해 자신이 낼 수 있는 가장 빠른 속도로 달려가고 있었다.

신체강화 마법이라고 해도 엄연히 각 서클마다 급이 달라질 수밖에 없다.

1서클은 고작 해 봐야 남들보다 약간 빠르고, 약간 강해질 뿐이다.

게다가 지금 그의 몸은 16살이었던 시절의 것이 아닌가. 이 정도의 상태에서는 겨우 성인들의 그것과 비슷해지는 정도가 한계일 뿐이었다.

그는 입술을 악문 채 전력을 다 했다.

'늦지 않기를.'

진혁의 얼굴엔 강한 결의가 떠올랐다.

여동생 소희의 웃음을 완전히 빼앗은 그 사건을 다시 겪을 수는 없었다.

분명 운명의 여신이 자신을 이 시간대로 이끈 것에는 이유가 있으리라.

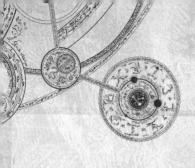

Return of the Meister

NEO MODERN FANTASY STORY

2. 아버지

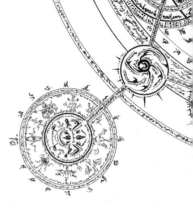

2. 아버지

Return of the Meister

쾅!

진혁은 급한 마음에 현관문을 거칠게 열었다.

'아버지다.'

10년전 그때처럼, 아버지께서는 거실 한 가운데에 서 계셨다.

아버지는 아들이 집에 돌아온 것을 보고 잔잔한 미소를 지으셨다.

모든 것은 예전 그대로였다.

거실장 위에 올려져있는 텔레비전에서는 뉴스가 흘러나오고 있었다.

경상남도 울산시가 울산광역시로 승격되었다는 소식이

었다.

1997년 7월 15일이었다.

"아버지."

진혁은 자신도 모르게 왈칵 눈물이 쏟아질뻔했다.

그와 가족에겐 원수나 다름없는 아버지이건만 왜 이렇게 가슴 깊은 곳에선 뜨거운 눈물이 쏟아지는지.

얼마나 힘을 주어 주먹을 쥐었는지 힘줄이 다 튀어나올 지경이었다.

"기다리고 있었다."

아버지는 진혁의 얼굴을 쳐다보면서 온화한 미소를 지었다.

"뭘 하고 계신 겁니까?"

진혁은 그 감정들을 애써 억누르며 아버지에게 말했다.

"아들. 말투가 이상하다?"

진혁은 평소 반말을 사용했다. 그 나이 대의 다른 아이들이 그런 것처럼 반항적이기도 하고, 때로는 버릇없는 행동들도 했다.

그런데 말투가 완전히 달라져 버렸다.

진혁이 어깨를 으쓱했다.

지금 눈앞에 있는 아버지는 과거 16살 시절, 진혁이 한참 철없던 모습으로 알고 계신다.

그렇다고 해서 진혁은 그때처럼 철없는 말투와 행동을

하고 싶지는 않았다.

설사 불필요한 오해나 의심을 사게 된다 하더라도.

"오늘부터 말투를 바꾸기로 했습니다."

진혁은 오히려 더 정중하게 대답했다.

"기특한 녀석."

아버지가 흐뭇하게 미소 지었다.

그러나 아버지는 뭔가를 예상하기라도 한 것처럼 진지하기 그지없는 눈빛으로 진혁의 얼굴을 응시했다.

"사람이 변하는 데에는 이유가 있는 법이다. 무슨 일이라도 있는 거냐?"

"없습니다."

진혁의 어조는 딱딱하기 그지없었다.

"이 애비를 원망하고 있는 모양이로구나."

"글쎄요."

"무슨 일인지 말 해 주는 게 낫지 않겠니?"

"제가 알려드린다면 제 말대로 하시겠습니까?"

진혁은 날카로운 눈빛으로 TV 선반 위에 놓인 검은색 봉투에 시선을 돌렸다.

아버지의 미간에 자그마한 주름이 생겨났다. 아들의 시선이 그곳으로 가 있는 게 적잖이 놀라운 눈치였다.

"네 엄마랑 동생들은 어디에 간 거니?"

아버지가 화제를 돌렸다.

순간 진혁은 말문이 막혔다.

1997년 7월 15일 낮 2시, 이때 어머니와 동생들이 어디에 갔었지?

진혁에겐 100년하고도 10년이나 더 된 옛날의 이야기였다. 쉽게 기억해 낼 수 있을 리가 없다.

평소라면 어머니는 집을 떠나는 일이 극히 드물었다. 어딘가에 갑자기 가게 된다면 집안에 꼭 메모를 남기는 어머니였다.

하필 이날, 어머니는 예정에도 없던 일을 하셨다.

'그렇지…… 그때 어머니께서 낙성대수영장에 가자고 하셨지. 나는 안 따라갔지만.'

진혁은 자신의 기억력이 아직도 녹슬지 않았다는 사실에 내심 뿌듯해했다.

하지만 이내 씁쓸한 감정이 그의 가슴을 집어 삼켰다. 과거, 그는 아버지의 마지막 모습을 본 게 자신이었다는 사실이 정말 싫었다.

그 때로 되돌아갈 수만 있다면.

어머니가 얘기했던 것처럼 수영장을 따라갔다면.

그랬더라면 아버지가 떠나는 모습을 보진 않았을 텐데. 진혁은 언제나 그렇게 생각했다.

하지만 지금은 그러한 아버지의 모습을 볼 수 있다는 게 무척이나 다행스럽게 느껴졌다. 앞으로 그들 가족에게 들이닥칠 일들을 막아낼 수 있을 테니까.

"수영장 가셨습니다."

진혁의 목소리는 냉랭하기 그지없었다.

사실 진혁은 할 수만 있다면 최대한 더 정중하고 공손하게 대답하고 싶었다.

그런데 목소리가 그렇게밖엔 나오지 않았다.

뼈에 사무치게 된, 아버지에 대한 깊고도 깊은 원망 때문이리라.

'내가 왜 이러는 건지.'

진혁은 자신에게 짜증마저 일어났다.

마치 몸만 어려진 게 아니라 정신마저도 같이 어려진 것 같은 기분이 들어 불쾌하기까지 했다.

"그래 그렇구나."

아버지는 고개를 끄덕였다.

"뭘 하시는 겁니까?

진혁은 아버지의 모습을 불만 섞인 표정으로 쳐다보았다.

아버지는 대답 대신 진혁이 서있는 쪽으로 다가오셨다. 그리곤 손을 들어 진혁의 머리를 쓰다듬기 위해서 뻗으셨다.

순간, 진혁은 자신도 모르게 몸을 살짝 피했다.

"녀석, 여전하구나."

아버지는 쓰게 웃었다.

이 때의 최진혁은 가족들 사이에서 최대 고민거리이기도 했다.

천재들 틈바구니에서 살아간다는 것이 그를 미치게 만들었다.

그것이 바로 사춘기 시절의 반항으로 이어졌기 때문이었다.

"그래도 네 얼굴을 볼 수 있어서 좋구나."

아버지는 진혁의 얼굴을 가만히 쳐다보셨다.

만약 과거였다면 지금쯤 진혁은 현관문에 제일 가까이 있는 자신의 방으로 들어가 버렸을 것이다.

이어서 아버지께서 방문을 열고 들어오시겠지만 말이다.

'바꾸고 말겠다.'

진혁은 다시 한 번 각오를 다졌다.

계속 과거의 기억 속에 묻혀 이대로 아버지를 잃을 순 없었다.

진혁은 단호한 얼굴로 아버지를 향해서 말했다.

"아버지, 꼭 그러셔야 하는 겁니까?"

"무슨 말이니?"

아버지는 뜬금없이 터져나온 아들의 말에 당황을 하셨다.

"꼭 그러셔야겠습니까!"

진혁은 한번 더 소리쳤다.

"진혁아, 진명이 때문에 스트레스를 많이 받고 있는
거…."

"이 일은 진명이와는 상관없습니다. 아버지께서 사라지
시고 나면…."

진혁은 자신도 모르게 씩씩거렸다.

'제기랄, 지금 내 행동이 꼭 16세 소년과 똑같군.'

아무리 외모가 16세지만 그의 몸안엔 이미 백년도 더
된 늙은이가 들어있다.

그런데 그때 그 시절로 돌아오니 자신도 모르게 터져나
오는 반항은 어쩔 수가 없었다.

몸이 달라지면 사람의 인격도 달라지는건가.

모르겠다.

어쨌거나 그의 의도보다 자꾸만 행동이 유치해지고 있
었다.

진혁은 자신도 모르게 씩씩거리면서 아버지를 쳐다보았
다.

"……."

아버지의 표정이 일순 일그러진듯한 것은 그의 착각일
까.

"아들아."

아버지의 목소리가 떨려왔다.

"네."

진명은 여전히 자신도 모르게 치솟는 분노와 아버지를 향한 원망에 어쩔 줄을 몰랐다.

"혹시, 너 각성한 거냐?"

"……?"

진명은 자신의 귀를 의심해야 했다.

"무슨 말씀이십니까?"

"각성한 건지 물어보고 있다."

"그게 무슨 얘깁니까."

아버지가 무엇을 두고 각성했냐고 묻는 것인지 이해할 수가 없었다.

두 사람 사이에서 정적이 흘렀다.

"음."

아버지는 눈살을 찌푸렸다.

그는 지금 당장 나가야 했다.

밑에서 그가 나오길 기다리는 사람들이 있었다.

그가 나오지 않는다면? 생각만 해도 끔찍했다.

그러나 지금 당장은 아들 진혁과 대화를 좀 더 할 시간이 필요했다.

그의 연구결과에도, 아니 그것을 빼놓고라도 아들과 해결할 무언가가 있는 것이 분명했다.

아버지는 진혁에게 재차 질문을 던졌다.

"이 애비가 지금 무얼 할 것 같으냐?"

그는 진혁에게 답을 듣기 원했다.

"……."

순간 진혁은 고심했다.

자신이 마법사라는 사실을 아버지에게 알려도 될지 알 수가 없기 때문이었다.

보통 이런 일들은 누구라도 알리지 않는 것이 좋다.

사랑하는 사람들을 지키기 위해서라면 자신에 대해선, 특히 마법과 같이 특수한 비밀들에 대해선 철저하게 함구하는 게 나으니까.

그것이 진혁이 판테온세계에서 살아온 방식이었다.

진혁은 아버지의 눈을 쳐다보았다.

아버지의 눈엔 지금껏 한 번도 내어 보인 적 없었던, 일견 기이하기까지 한 열망과 흥분, 그리고 걱정이 서려 있었다.

'뭔가 알고 계시구나.'

진혁은 아버지의 질문에 사실대로 얘기하기로 결심했다.

"저 봉투를 들고 집밖으로 나가실 것 같습니다."

진혁은 TV진열대 위에 놓여있는 검은색 봉투를 가리켰다.

"오."

아버지의 몸이 살짝 휘청거렸다.

"여기에 무엇이 들어있는지 알겠니?"

"경수로 설계도 아닙니까?"

"경수로 설계도? 그 말도 놀랍구나. 하지만 왜 그게 들었다고 생각하는지 이해가 안 가는구나."

아버지의 그 말에 진혁은 깜짝 놀랐다.

여태까지 그는 그 봉투에 설계도가 들어있을 거라고 생각하면서 쭉 지내왔다.

그의 뇌리에서 그간 알던 모든 것이 사실이 아닐 수 있다는 생각이 떠올랐다.

'혹시, 내가 알고 있던 사실이 진실과 다르다면?'

왜 진작 그런 생각을 해보지 않았는지 모르겠다.

진혁은 그제야 그동안 자신의 사고가 얼마나 어렸는지.

아버지에 대한 믿음을 너무 쉽게 저버렸는지 깨달았다.

아버지가 북한에 경수로의 설계도를 파는 것도 모자라 아예 월북해서 그곳에서 잘 먹고 잘살고 있다고 생각했었다.

남한에서의 가족 따위는 아버지에게 아무것도 아니라고 말이다.

"진혁아, 저 봉투에 손대지 말고 안에 무엇이 들었는지 알 수 있니?"

아버지는 재차 진혁을 다그쳤다.

진혁으로서는 너무 의아했다.

'혹시 아버지께서 내 능력을 아시는 게 아닐까.'

그는 고개를 갸웃거리면 아버지를 다시 쳐다보았다.

여전히 아버지는 진혁을 향해서 강한 눈빛을 보내고 계셨다.

마치 무언가를 기대하는 사람처럼.

'이미 틀어진 과거인데. 될 대로 되라지.'

진혁의 가슴에서 흥분감 마저 올라왔다.

'리플렉션.'

진혁이 투영마법을 시현하자 검은색 봉투 안에 들어있던 흰 종이가 선명하게 떠올랐다.

'설계도가 아니었단 말인가?'

그것을 본 진혁은 다시 한 번 경악을 했다.

80M.

봉투 안에 들어있는 흰 종이 위에는 되는대로 갈겨쓴 두 개의 숫자와 한 개의 알파벳밖엔 없었다.

"80M."

진혁은 아버지를 향해서 중얼거렸다.

"역시."

아버지는 이미 진혁이의 능력을 알고 있었던 사람처럼 고개를 끄덕였다.

"제가 이것을 볼 수 있다는 것을 아시고 계셨습니까?"

"혹시나 했다."

"혹시나요?"

"그렇다. 믿지 못하고 있었지."

"무엇을요?"

"나중에 알게 될 거다."

"……?"

진혁은 아버지를 가만히 쳐다보았다.

도저히 알 수 없는 말만 하시고는 입을 다물었다.

"알려줄 수 없습니까?"

"내가 어떻게 알았는지는 중요하지 않구나."

"진실을 알려주십시오."

진혁은 좀 전과는 다르게 아버지를 향해서 정중하게 말했다.

"나도 할 수만 있다면 알려주고 싶구나. 하지만 그건 내 몫이 아니다."

아버지는 안타까운 표정으로 아들을 보았다.

"지금 내가 할 수 있는 말이라곤 네 녀석이 남들과는 다르다는 것뿐이다."

아버지는 아들을 보면서 말했다.

……

진혁은 더 이상 아버지에게서 대답을 들을 수 없음을 깨달았다.

아버지가 입을 다물기로 작정하셨다면 그렇게 하실 것이다.

어떤 말로도 아버지의 입을 열거할 수는 없을 터다.

그런 사람이 아버지였으니깐.

가족들에게 고민을 나누기보다는 자신이 떠안고 해결하시는 분이었다.

그것이 가족들에게 듬직한 울타리로 여겨졌었다.

'그 울타리가 깨졌을 때 가족들은 그야말로 늑대에게 둘러싸인 양떼와도 같았지.'

진혁이 쓸쓸한 미소를 지었다.

"진혁아, 지금은 이런 것을 얘기할 시간이 없다."

아버지는 초조하신 듯 거실벽면에 걸린 시계를 쳐다보셨다.

"내가 내려가지 않으면 곧 그들이 올라올 거야."

"그들이 누구든지 이대로 아버지를 보낼 수는 없습니다."

"널 보니 희망이 생긴다."

아버지는 자신을 만류하는 아들 진혁의 어깨를 두드렸다.

"무슨 말씀이십니까?"

"기다리마."

아버지가 부드럽게 미소를 지으면서 계속해서 말을 이어나갔다.

"눈에 보이는 것이 전부는 아니다. 네 자신이 갖고 있는 힘조차 이곳에서는 비상식적인 일이니까."

진혁은 고개를 끄덕였다.

아버지는 자신의 능력을 알고 있다고 보아야 했다.

하지만 어떻게?

진혁의 의문은 사라지지 않았다.

그러나 지금은 그 의문을 해결하는 것보단 아버지를 지키는 것이 더 중요했다.

"아버지, 이대로 가시면 저희 집안은 매국노가족이 되어버립니다."

"그것이 미래인 모양이로구나."

아버지는 진혁의 말에 고개를 끄덕이셨다.

"아들아, 네가 완전히 네 힘을 되찾기까지는 평범하게 지내야 한다."

아버지의 이말에 진혁은 또 한 번 놀라지 않을 수가 없었다.

과거, 그 날에 했던 그 말씀이 이미 자신의 능력을 염두에 두고 있었기에 나온 것이란 생각이 들었다.

도대체 어떻게 된 일인지 혼란스러웠다.

과거와 현재, 미래뿐만 아니라 두 세계가 순식간에 섞여서 진혁을 혼란스럽게 만들었다.

"진혁아."

아버지는 안타까운 표정으로 진혁을 쳐다보았다.

그때였다.

딩동 딩동.

인터폰의 벨소리가 울렸다.

확실히 과거와는 다른 전개이긴 했다.

그때와는 달리 지금은 아버지와 진혁 사이에서 대화가 길어지고 있었다.

진혁은 현관 문 쪽을 노려보았다.

"가야겠다."

아버지는 시간이 다되었음을 안타깝게 여겼다.

진혁으로선 아버지를 이대로 보내드릴 수가 없었다.

"아버지! 제발 이대로 가족 곁에 있어주십시오."

"내가 가야 너희들이 안전하게 산다. 진혁아, 내말 명심하고 또 명심해라."

아버지는 진혁의 어깨위에 손을 얹으셨다.

"도대체 무슨 일에 연루되신 겁니까?"

"자세히는 말할 수 없다. 내가 가지 않으면 너희들이 안전해질 수가 없다."

"협박을 당하신 겁니까?"

"……."

아버지는 대답 대신 침묵을 택했다.

진혁은 그동안 자신이 얼마나 긴 오해 속에서 아버지를 기억했는지 깨달았다.

"너를 보니 기쁘다. 이젠 나대신 가족들을 안전하게 지켜다오."

아버지는 진심으로 달라진 아들을 보고 기뻐했다.

딩동 딩동.

벨은 재차 울려댔다.

"더는 지체할 수 없구나."

아버지는 진혁에게 손을 떼고선 검은색 봉투를 소중하게 옆구리에 끼셨다.

그리곤 진혁의 얼굴을 한 번 더 쳐다보더니 이내 굳은 결심을 한 듯 현관 문 쪽으로 성큼성큼 걸어가셨다.

진혁으로선 아버지를 쉽게 보내드릴 수가 없었다.

"아버지!"

진혁은 자신도 아버지의 어깨를 붙잡았다.

"제 힘으로 저 자들을 제압할 수 있습니다."

"아직은 아니다."

아버지는 머리를 흔들고는 재차 진혁을 향해서 말했다.

"피래미다. 내가 해줄 수 있는 말은 그것밖에 없구나, 아들아."

"도대체 무엇 때문에 이러십니까?"

"날 믿어다오. 가족들을 부탁한다."

딩동 딩동. 탁탁탁.

요란한 벨소리와 현관문을 요란하게 두드리는 소리가 들려왔다.

"저 문을 열었을 때 네가 없었으면 좋겠구나."

아버지는 진혁을 한번 쳐다보고는 현관 문 쪽을 쳐다봤다.

"무엇 때문에……."

진혁은 말을 맺지 못했다.

아버지의 눈에서 간절함과 초조함을 동시에 읽었기 때문이었다.

더 이상 시간을 끌 수가 없다.

'이 현실은 바꿀 수가 없구나.'

진혁은 자신의 힘이 크게 부족함을 느꼈다.

끝없는 자괴감이 몰려왔다.

하지만 지금은 아버지를 보내드려야 할 때였다.

그는 천천히 아버지 앞에서 인비지블마법을 시현했다.

아버지는 아들 진혁의 몸이 순간 투명하게 보이지 않게 되는 것을 지켜보고는 놀라움을 감출수가 없었다.

그의 얼굴이 비로소 환해지기 시작했다.

철컥.

쾅.

아버지가 현관문을 완전히 다 열기도 전에 검은 양복에 검정색 선글라스를 낀 사내가 문을 거칠게 열었다.

그리곤 그 사내와 또 다른 사내가 현관으로 발을 들여놓았다.

그들은 매우 초조한 표정을 하고 있었다.

아버지가 약속시간이 되었는데도 내려오지 않았기 때문이었다.

"늦으셨습니다."

그 모습을 보자 진혁의 몸은 분노로 타올랐다.

그때였다.

꾸벅.

아버지가 허리를 90도 각도로 숙였다.

'저럴 수가.'

진혁은 어이가 없는 표정으로 이 상황을 지켜보기로 했다.

자신이 보고 있다는 것을 아버지가 알고 있다.

그런데도 허리를 숙였다는 것은.

무엇을 의미하는지 진혁도 알고 있었다.

일단은 자신이 참아야 한다.

"죄송합니다. 제가 서류를 찾느라."

아버지가 사내들에게 정중하게 말했다.

"말소리가 나더군요."

사내들은 아버지를 향해 의심쩍은 표정으로 말했다.

"혼잣말 하는 버릇이 있습니다."

"그걸 믿으라고요?"

사내들은 아버지를 거칠게 밀었다.

휘청.

아버지의 몸이 휘청거렸다.

'저것들을!'

진혁은 자신도 모르게 몸이 한걸음 앞으로 나갔다.

아버지가 고개를 크게 저었다.

아들 진혁을 향해서였다.

이들 눈에는 보이지 않는다고 해도 지금 상황을 아들 진혁은 다 보고 있으리라.

자칫 진혁이 나서는 날엔.

아직은 아들 진혁의 시간이 아니었다.

아버지와 진혁사이에 무언의 교류가 오고가는 동안 사내들은 집안의 방을 전부 거칠게 다 열어보았다.

집에 사람이 있는 지 확인하기 위해서였다.

심지어 안방에 있는 화장실과 장롱까지 일일이 다 열어 확인했다.

그들은 설마 진혁이 투명마법을 이용하여 그곳에 있을 것이라고는 생각지도 못했다.

아니, 지구에선 마법이라는 개념 자체가 기적과 말 도안 됨이라는 단어들과 동일하기 때문이었다.

"아무도 없군."

"그만가지. 늦었다."

두 사내들은 자기들끼리 대화를 주고받더니 아버지의 어깨를 거칠게 붙잡았다.

"그만가시지요."

"이렇게 잡지 않아도 따라갑니다."

아버지는 정중한 어투로 그들에게 말했다.

스르륵.

교수의 어깨를 잡았던 사내가 머쓱한지 손을 내렸다.

"아들아, 다녀오마."

아버지는 그들 눈에는 아무도 없는 허공에 대고 속삭였다.

'잘 다녀오십시오. 반드시 아버지를 모셔오겠습니다.'

진혁은 그런 아버지를 보면서 다짐하고 또 다짐했다.

자신이 남들과 다르다는 것을 알고 있는 아버지였다.

그렇지만 지금 자신은 2서클조차 제대로 안정화시키지 못한 마법사에 불과했다.

게다가 아버지는 저들 앞에서 진혁을 노출시키고 싶어하지 않으셨다. 다른 것은 몰라도 그것만은 확실히 느낄 수가 있었다.

진혁은 좀 전에 아버지가 했던 말을 떠올렸다.

네가 완전히 네 힘을 되찾기까지는 평범하게 지내라.

'지금은 나서지 말라는 건가.'

진혁의 머리는 빠르게 회전되었다.

눈앞의 두 사내는 진혁이 어떻게 해보면 할 수 있는 자들이었다.

과거에 비하면 정말 이루 말할 수 없이 무력한 자신임에도 불구하고 충분히 제압하는 게 가능했다.

하지만 이들은 아버지가 말씀하신대로 피래미에 불과하다.

아버지가 염려하는 것은 이 둘이 아니다.

진혁은 그 뒤로 엄청난 어둠의 힘이 존재하는 것이 느껴졌다.

저 두사내에게서 약하지만 썩은 내가 진동하고 있었다.

그 썩은 내가 무엇인지 최진혁은 알고 있었다.

어둠의 힘.

판테온세계에서도 흑마법사들이나 어둠의 힘과 계약한 이들에게 느껴지는 썩은 내.

지구상의 평범한 사람들이 맡을 수 없는, 마법사인 진혁만이 맡을 수 있는 내음이었다.

보통 사람들이 겉으로만 봐서 어둠의 힘이 작용하는 사람들을 구별해낼 수는 없었다.

'도대체 아버지가 무슨 일에 휘말리신 건지.'

진혁은 아랫입술을 꽉 깨물었다.

100년하고도 10년 전 과거로 돌아왔건만 그때와 마찬가지로 아버지를 잃은 셈이었다.

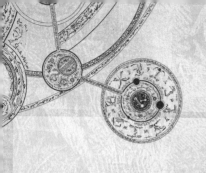

Return of the Meister

NEO MODERN FANTASY STORY

3. 바뀌는 현실 1

3. 바뀌는 현실 1

Return of the Meister

진혁은 깊이 생각에 잠겨 있었다.

아버지가 낯선 두 사내와 집을 나간 지 어느덧 한 시간여가 흘렀다.

진혁은 아버지가 떠나기 전에 몰래 디텍션마법, 즉 탐지마법을 걸어놓았다.

당장 따라갈 수는 없다고 해도 세 사람이 어느 방향으로 갔는지 정도는 최소한 알 수 있으니깐.

하지만 서울을 벗어나는 시점에서 디텍션 마법이 더 이상 힘을 발휘하지 못했다.

'고작 2서클 마법인데. 이것도 제대로 작동 못하다니.'

진혁은 쓴웃음을 지어야 했다.

곧 어머니가 두 동생을 데리고 돌아올 것이다.

진혁은 과거의 그때 일어난 일들을 떠올리면서 가장 최상의 방법을 찾느라 고심하고 있었다.

'현재로서는 생계가 안정되는 게 중요하겠지.'

'아니다, 그전에 진명이를 보내서는 안 돼.'

'힘을 길러야해. 서클을 되찾는 것이 중요하다.'

진혁의 얼굴엔 피어오르는 강한 의지만큼 생각들만 깊어져갔다.

당장 할 일들이 너무 많았다.

아니 그가 가만히 있어도 곧 쓰나미처럼 몰려올 일들이었다.

그일들을 현명하게 잘 처리해야 했다.

그것이 현재 그의 아버지가 바라는 일이기도 했다.

이제부터 자신이 가족의 울타리가 되는 것이었다.

아버지가 그랬던 것처럼 말이다.

진혁은 자신의 몸을 한 번 더 찬찬이 살펴보았다.

자신을 정확하게 아는 것은 중요했다.

지금은 9서클의 대마법사가 아니다.

함부로 경거망동하는 것보단 지금 자신이 갖고 있는 힘을 최대치로 이용하여 문제를 해결하는 것이 낫다고 판단했다.

'몸은 빠르게 회복중이군.'

진혁은 자신의 몸을 한 번 더 관조해보았다.

비록 2서클의 마법도 제대로 시현하지 못하지만 그의 신체기능은 여타 16세의 소년들과는 달랐다.

판테온 세계에선 대부분의 마법사들은 운동을 하지 않아 삐쩍 말라 있었다.

하지만 진혁은 달랐다.

원래가 지구에 있던 몸이어서 그런지 컨디션이 좋을수록 빨아들이는 마나량이 더욱 많아졌다.

그것을 알게 된 이후 그는 신체를 단련하는 것을 게을리하지 않았다.

그 결과 그랜드마스터급은 아니어도 소드마스터 정도의 실력을 기를 수가 있었다.

이것만으로도 판테온 세계에서는 경악할 만했다.

물론 그곳에서도 마검사는 흔히 존재했다. 하지만 6서클 이상에 소드마스터 급의 마검사는 한 세기에 한두 명 나올까 말까했다.

그런데 9서클의 대마법사이면서 소드마스터 급이라는 그야말로 상상하기 어려운 일이었다.

판테온 세계의 모든 역사 기록을 갈아치우는 업적이었다.

'그곳에선 그랬지.'

그의 몸 안에서 힘의 감각이 빠른 속도로 돌아오고 있었다.

여기에 조금만 더 육체를 단련한다면 판테온 세계에서와 같은 힘을 조만간 얻을 수 있을 것이다.

이것은 진혁에겐 커다란 행운이 아닐 수가 없었다.

게다가 지금 현재도 몸은 아직 16세 소년이었지만 소드마스터 급의 기감이 활성화되고 있었기 때문이었다.

시간만 조금 더 주어진다면 그의 청력, 안력등 신체의 모든 부분이 지구에서도 소드마스터 급은 아니더라도 최소한 익스퍼트급은 될 터였다.

'이것도 장단점이 있군.'

마법은 서클을 잃으면 아무리 마법공식이 머릿속에 꽉 차있어도 시현되기 어려웠다.

그와 반대로 기사의 능력은 몸에 각인되고 나면 영원히 자기 것이 되는 셈이다.

'예전처럼 다시 몸만 단련시킨다면 익스퍼트급까지는 최소한 올해 안엔 갈 수 있겠군.'

진혁은 고개를 끄덕였다.

'대충 정리가 되는군.'

비록 신체의 능력은 16세 소년이었지만 1서클의 신체강화마법을 쓰면 적어도 성인 급은 된다.

거기에 마스터 급의 기감을 활용한다면 웬만한 무술단련자들도 이겨낼 수 있을 거라는 판단을 했다.

'이제부터가 정말 중요하다.'

지금 그는 처리해야 할 일이 많았다.

현재를 바꾸기 위해서.

진혁은 문득 고개를 들어 거실을 둘러보았다.

과거 100년하고도 10년 전부터 시작해서 일어난 수많은 일들이 주마등처럼 흘러갔다.

꽈악.

그의 두 주먹이 순간 불끈 쥐었다.

'그래, 지구에선 돈이다!'

진혁을 괴롭힌 길고 긴 고뇌가 한순간에 끝났다.

자신이 알고 있는 지금 대한민국의 상황, 가족들의 현실……

이 모든 것을 단순히 해결하는 것만으로는 부족했다.

진혁의 얼굴은 비로소 화색이 밝아졌다.

앞으로 그가 걸어야할 길이 정해졌기 때문이었다.

아버지 최한필교수를 되찾기 위해서는 긴 시간, 그의 마나회복력이 관건일 것이다.

동시에 지구에선 돈이 곧 힘이다.

최한필교수를 납치해갈 정도라면 분명 힘 있는 자들이 배후에 있을 것이 뻔했기 때문이었다.

'우리 가족이라고 재벌이 되지 말란 법도 없지.'

진혁의 오른쪽 입 꼬리가 치켜 올라갔다.

동시에 아파트 현관문이 열렸다.

철컥.

현관문이 열렸다.

진혁은 소파에서 천천히 몸을 일으켜 세웠다.

"오빠, 우리가 왔다."

소희의 귀여운 목소리가 낭랑하게 울려 퍼졌다.

순간 진혁은 여동생 소희를 감격스러운 표정으로 쳐다
보았다.

소희의 뒤를 이어 어머니 장혜자와 남동생 진명이 들어
오고 있었다.

모든 것은 그날과 똑같았다.

그날 소희는 분홍색프릴이 달린 하얀색 원피스를 입고
있었다.

'어머니는 우아하게 하얀색 롱원피스에 챙이 넓은 파란
모자를 쓰고 계셨지.'

진혁은 아련한 듯한 표정으로 세 사람을 바라보았다.

진명이는 그때와 똑같이 검정색 멜빵바지에 하얀 셔츠
를 입고 있었다.

한눈에 봐도 엄친아라는 것이 느껴지는 차림새였다.

"오빠, 왜 그래?"

소희가 이상하다는 듯이 진혁을 쳐다보았다.

진혁은 소희의 그 목소리도 좋았다.

어렸을 때부터 소희의 목소리는 낭랑하고 비음이 섞인

듯한 귀여웠다.

'그 사건이후 이렇게 명랑하게 얘기한 적은 없었지.'

웃음을 잃은 소희의 모습이 떠오르자 진혁은 가슴 깊은
속에서 쓰라림이 몰려왔다.

"형, 형."

진명이 다가와 진혁의 옷자락을 쥐고 흔들었다.

장혜자와 진명, 소희의 입장에서는 지금 진혁의 태도가
이상해도 아주 이상했다.

평소라면 쳇소리와 함께 자기 방으로 들어갔을 것이 뻔
했다.

그런데 지금은 마치 오랜만에 만난 사람을 보듯이 감격
해하고 있었다.

도대체 뭘 잘못 먹은 거야? 하는 생각이 세 사람의 뇌리
에 지배했다.

'아차, 평범하게 행동하자.'

그제서야 진혁은 자신의 모습이 세 사람에겐 너무 이상
하게 비춰지고 있음을 깨달았다.

"어머니, 다녀오셨습니까?"

정신을 차린 진혁은 그 자리에 서서 깍듯하게 어머니를
향해서 인사를 했다.

그것이 오히려 세 사람을 더욱 경악케 했다.

"어머. 너 왜이러니?"

"헛! 오빠."

"형!"

세 사람이 동시에 소리를 질렀다.

엄마라는 소리도 제대로 하지 않던 진혁이 어머니라고 장혜자를 부르고 있었다.

장혜자는 갑자기 달라진 아들의 태도에 어리벙벙한 모습이었다.

"오빠가 이상해."

소희가 고개를 갸웃거렸다.

"형, 뭐 잘못 먹었어?"

진명이마저 진혁을 향해서 의아한 표정을 지으면서 질문을 했다.

'이들이 이런 것도 무리가 아니지.'

진혁의 16살, 그 시절엔 한창 반항을 절정을 달리고 있었기 때문이었다.

천재 아버지와 천재남동생 사이에서 그저 평범하게 산다는 것은 여간 괴로운 일이 아니었다.

장남인 자신이 동생에게 밀린다는 사실은 둘째 치고 머리뿐만 아니라 운동신경마저 평범했기 때문이었다.

그런 것들이 그때 그를 반항하게 만들었었다.

지나고 보니 회한으로 가득 찼다.

"드릴 말씀이 있습니다."

진혁은 진명의 말을 무시한 채 어머니를 향해서 낮은 어투로 진지하게 말했다.

갑작스런 진혁의 태도에 어머니와 두 동생들은 어리둥절한 모양이었다. 진혁의 마음 같아선 모든 것을 자초지종 설명하고 싶었다.

하지만 가족이라고 해도 그의 말을 이들이 믿지 못할게 뻔했다.

아버지가 사라진 후의 어머니 태도로 보아서 어머니는 아직 아무것도 모르는 게 분명했다.

어머니는 20세의 나이로 아버지를 만나 한순간에 사랑에 빠지셨다.

어찌 보면 당연한 일인지도 몰랐다.

갓 미국유학을 온 20세의 처녀의 입장에선 담당교수이자 한국인이며 28살로 스탠포드대의 정식교수가 된 최초의 한국인인 아버지에게 깊은 매력을 느낄 수밖에 없었을 것이라고 생각했다.

육군 장성의 딸로 세상물정 하나도 모르는 어머니에게 아버지가 어찌 보면 아무런 말도 남기지 않은 것을 보면 당연했다.

진혁은 자신을 이상하게 쳐다보는 세 사람의 시선을 무시했다.

"도대체 무슨 일이니?"

장혜자가 아들 진혁을 의아스럽게 쳐다보았다.

그녀는 살짝 불안감마저 들었다.

한 번도 이런 진지한 모습을 보여준 적이 없는 아들이었다.

두 동생 역시 마찬가지였다.

그들은 혹시나 진혁이 대형 사고를 치지 않았을까 하는 생각마저 하고 있었다.

그들의 표정을 보면서 진혁은 그 당시 자신이 얼마나 한심했는지 뼈저리게 느꼈다.

하지만 언제까지 과거로 인해서 후회만 할 수 없었다.

지금부터 새로 쓰기 위해서 최진혁이 돌아왔으니깐.

'일단 어머니를 강하게 만들자.'

진혁은 어머니를 거실한쪽 벽면에 놓인 검정색 가죽소파에 앉혔다.

다행히 어머니는 의아해하면서도 진혁이 시키는 대로 따라주셨다.

그러자 동생들도 무슨 구경난 것처럼 어머니의 양쪽에 자리 잡고 앉았다.

세 사람이 동시에 진혁을 멀뚱멀뚱 쳐다보았다.

진혁은 아무런 표정도 드러내지 않은 채 어머니를 마주보면서 거실바닥에 주저앉았다.

바닥엔 어머니가 좋아하는 지중해에서 사왔다던 푸른카

펫트가 깔려서 그런지 푹신한 감이 엉덩이를 통해 느껴졌다.

진혁은 이 모든 게 좋았다.

예전 그대로 놓인 가죽소파하면 어머니가 좋아하던 카펫의 감촉이 그에게 소중한 것이 무엇인지 다시 일깨워주는 것만 같았다.

어디 그뿐이겠는가.

검정색 가죽소파위에 걸려있는 커다란 사진 속엔 다섯 식구가 행복한 미소를 지으면서 찍혀있었다.

'저때가 14살 때였지.'

진혁이 막 반항을 시작하던 무렵이었다.

"진혁아, 너 사고쳤니?"

장혜자는 불안한 표정을 지어보였다.

진혁은 대답대신 파에 앉은 어머니를 올려보면서 자신의 왼손으로 어머니의 오른손을 쥐었다.

그리곤 스피리츄얼 마법으로 자신과 어머니를 연결시키는 것을 잊지 않았다.

물론 어머니 장혜자는 전혀 눈치 채지 못할 것이다.

진혁의 입장에서 정신마법인 스피리츄얼 마법을 어머니에게 사용한다는 것은 다소 꺼림칙한 일이었다.

비록 2서클에도 못 미치는 힘을 가진 마법시현이라고 해도 말이었다.

하지만 이 방법밖에는 없다는 것을 진혁은 알고 있었다. 더구나 6,7서클 정도는 돼야 일정거리에서 힘을 발휘할 수 있는 스피리츄얼 마법이 제대로 발휘될지도 의문이었다.

진혁으로서는 그만큼 절박하게 이들을 납득시켜야 하는 상황에 직면해있었다.

그 방법을 찾기 위해서 한 시간여 내내 고민하지 않았던가.

어떤 일을 우선적으로 해야 할지.

그리고 어떻게 행동해야 할지.

무슨 말을 해야할지 등을 말이었다.

"방금 아버지께서 다녀가셨습니다."

진혁은 떨어지지 않는 입을 떼었다.

"이 낮에 웬일이시지?"

어머니도 살짝 놀란 눈치로 아들을 쳐다보았다.

남편 최한필교수가 한낮에 집으로 다녀간 적은 한 번도 없었다.

아니 저녁식사 시간을 맞추어 제때 집에 돌아온 적도 없던 양반이었다.

늘 연구밖에 몰랐다.

밤새는 일도 종종 있었다.

그럴 때면 그녀가 남편이 있는 서울대 안에 있는 연구소로 옷가지나 도시락을 갖다 주곤 했기 때문이었다.

"지금부터 아버지의 말씀을 전해드리겠습니다."

진혁은 어머니는 물론 두 동생들을 향해서도 진지하고 강한 눈빛을 보냈다.

어머니와 두 동생은 그런 진혁의 분위기에 눌려 가만히 소파에 앉아 그의 말을 기다리고 있었다.

'분위기는 됐고.'

진혁은 차근차근 자신이 생각해둔 말을 떠올렸다.

지금부터가 관건이었다.

얼마나 가족들에게 설득력이 있을지 말이었다.

그와 동시에 마주잡은 어머니의 손을 통해 자신의 마나를 흘려보내는 것을 잊지 않았다. 스피리츄얼마법을 시현하고 있으면서 마나까지 흘려보내는 것은 쉽지 않은 일이었다.

그만큼 진혁은 지금 상황에 절박해져있었다.

그가 아는 미래를 바꾸기 위해서는 지금 이 순간이 매우 중요했기 때문이었다.

조금이라도 마나를 더 모아야 하는 지금으로서는 어머니에게 보내는 마나량이 아깝기는 했지만 자신의 가족들을 위해서는 어쩔 수가 없었다.

어머니가 강해져야 했다.

자신의 마나가 어머니의 손을 통해 타고 올라가 몸 안에 활성화가 되면 어머니는 좀 더 달라지실 것이다.

그때처럼 기절하고 미쳐서는 절대 안 되기 때문이었다.

어머니가 정신병원에서 보낸 4개월 동안 그들의 생활은 더욱 곤란해졌었기 때문이었다.

"아버지의 신상에 큰일이 생겼습니다."

"뭐라고?"

장혜자는 자신도 모르게 벌떡 소파에서 일어났다.

두 동생은 상황이 어떤지 모르고 두 눈만 멀뚱멀뚱 떴다.

아직 12살에 불과한 어린 동생들이었다.

아무리 천재라고 해도 진명이 역시 어린아이에 불과했다.

"일단 진정하고 앉으십시오."

진혁의 말에 장혜자는 자신도 모르게 소파에 도로 주저앉았다.

자신의 아들이지만 거역하지 못할 힘이 깃들어있었다.

'이상하네.'

장혜자는 고개를 갸웃거렸다.

진혁은 그런 어머니를 한번 쳐다보고는 다시 말을 이었다.

"자세히는 설명안하셨지만 한동안 집으로 돌아오지 못한다고 하셨습니다. 그래서…."

"그래서?"

장혜자는 아들을 쳐다보았다.

꿀꺽.

진혁은 자신도 모르게 침을 삼켰다.

지금부터 해야 하는 그의 말이 얼마나 어머니에게 설득력을 가질지 미지수였기 때문이었다.

어쨌거나 반드시 해야할 일이었다.

앞으로 그의 가족들 생계를 위해선 말이었다.

"지금 당장 아파트를 처분하고 당분간 생계를 어머니께서 책임져달라고 하셨습니다."

"아파트를 처분해?"

어머니는 말도 안 돼는 소리에 경악을 하셨다.

"정말… 너의 아버지가 그렇게 말씀하시던?"

장혜자는 조심스럽게 아들을 쳐다보았다.

"제 말이 믿기지 않으면 지금 당장 연구소로 전화해보십시오. 대신 집이라고 밝히지 마시고 그냥 어디계신지만 물어보십시오. 분명 아버지가 집으로 가셔서 아직 안왔다고 할 겁니다."

"뭐?"

장혜자는 깜짝 놀라 진혁을 쳐다보았다.

진혁은 어머니 앞으로 테이블 위에 놓여있던 전화기를 끌어 가져왔다.

"전화해보십시오."

진혁은 일부러 어머니가 전화를 걸도록 강권했다.

아버지는 집 아니면 연구소안에만 항상 계셨다. 그 외 필요한 출장이나 세미나의 경우 반드시 어머니에게 알리셨기 때문이었다.

장혜자는 지금 아들의 말을 믿을 수가 없었다.

그럼에도 불구하고 그녀의 머리 한군데서는 아들의 말이 진실이라고 경종을 울리고 있었다.

정말 이상한 일이었다.

14살 이후 지금까지 반항만 일삼던 진혁이었다.

그런데도 지금 그녀 앞에선 아들 진혁은 전혀 낯선 존재, 강한 힘이 서린 존재처럼 느껴졌다.

장혜자는 떨리는 손가락으로 전화기의 다이얼을 돌렸다.

수화기 너머로 연구소입니다라는 음성이 들려왔다.

그리곤 진혁의 말대로 최한필교수가 댁에 가신지 두어 시간 된다는 말을 들었다.

찰칵.

…….

수화기를 내려놓은 장혜자는 한동안 멍한 표정을 지었다.

도대체 지금 무슨 일이 벌어지고 있는 건지 그녀로서는 알 수가 없었다.

하지만 엄청난 불안감이 몰려오고 있었다.

최근 몇 달 남편이 밤에 제대로 잠도 못 이루고 고민하고 있는 것을 그녀는 알고 있었다.

진작 남편에게 무슨 일인지 자신이 캐물었다면.

장혜자는 늘 자신이 남편의 보호만 받았지 의논상대가 되어주지 못한 것을 후회했다.

"어머니, 정신 차리십시오."

진혁은 어머니의 손을 좀 더 세게 잡았다.

"네… 네 아버지에게 정말 일이 생… 생겼단 말이니?"

어머니의 목소리는 심하게 떨렸다.

"어머니, 강해지십시오."

16살의 소년이라고 믿기지 않을 정도로 진혁의 목소리엔 강한 힘이 들어있었다.

장혜자는 아들의 소리에 압도감마저 느꼈다.

보통 때 같으면 진혁의 말을 반항하는 아이의 헛소리쯤으로 치부했을지도 모르겠다.

하지만 지금 상황으로 보아선 헛소리가 절대 아니었다.

남편 최한필교수의 행방이 묘연한 것이었다.

게다가 장혜자는 이상하게 아들의 말에 거부할 수 없는 강한 힘을 느끼기 시작했다.

아니, 아들의 말뿐만 아니라 그녀의 몸 안에도 무언가 강한 힘이 돌아다니고 있었다.

그리고 그 힘은 그녀에게 아들의 말대로 따르라고 하고 있었다.

장혜자는 자신도 모르게 납득할 수없으면서도 어느새 고개를 끄덕이고 있었다.

"형, 아버지가 무슨 말 안 남기셨어?"

그때까지 가만히 있던 진명이가 진혁에게 질문을 던졌다.

'이 녀석 뭔가 알고 있다.'

진혁은 직감적으로 알 수가 있었다.

과거엔 미처 자신이 어리석어 진명과 대화를 나누지 못했었다.

바로 천재들만 모아서 가르친다는 시설로 진명을 정부에서 데려갔었기 때문이었다.

그 이후 간간이 편지로나마 소식을 전해 듣긴 했지만 잘 있다는 안 부외엔 별다른 대화를 나누지 못했었다.

"경수로."

진혁은 짧고 나지막하게 진명에게 속삭였다.

"혁."

그의 입에서 나온 단어 한마디에 진명은 낯빛이 새파랗게 변했다.

"진명아, 너도 뭔가 좀 알고 있구나!

장혜자가 진명을 향해서 물었다.

"전… 잘… 모르겠어요."

진명이는 자신에게 질문을 던지는 어머니의 시선을 회피한 채 대답했다.

한눈에 봐도 그가 상당히 당황하고 있다는 것을 알 수가 있었다.

"진명아, 말해보거라."

진혁은 진명을 향해서 최대한 부드럽게 말했다.

하지만 진명의 입장에서 형 진혁의 말투는 너무도 이상했다. 지금 처한 상황이 이상한 것처럼 말이었다.

"그… 그.냥. 아버지가 최근 경수로 문제로 누군가와 통화하는 것만 알아요."

진명은 자신도 모르게 형 진혁에게 존댓말로 대답했다.

"그게 언젠지 알 수 없겠니?"

진혁은 진명을 다그쳤다.

"그저께 새벽이었어요. 방에서 공부하다가 물마시고 싶어서 잠깐 거실로 나왔거든요."

진명은 좀 더 자신이 귀를 기울여 전화통화를 엿듣지 못했음을 후회했다.

그러면서도 그는 자신이 형에게 여전히 존댓말을 사용하고 있다는 사실을 모르고 있었다.

형 진혁에게 느껴지는 카리스마가 진명을 누르고 있었다.

소희조차도 평소 같으면 어색한 진혁의 말투에 깔깔거렸을 법 하건만 아무런 말도 없이 조용히 있었다.

지금 돌아가는 상황이 심상치 않기 때문이었다.

하지만 그것만으로도 어머니의 낯빛은 더욱 새파래졌다.

"앞으로 어찌해야할지 더 생각해보고, 지금 당장은 아파트부터 처분해야겠습니다."

진혁은 어머니를 다그쳤다.

남들이 보면 기가 막힐 말일지도 모른다.

아버지가 당장 어떻게 됐는지도 모르는데 집부터 팔고 보자니.

하지만 진혁이 아파트를 처분부터 하자고 하는데 는 충분한 이유가 있었다.

과거 아주 우연히 알게 된 사실이었는데 이날 옆집 아주머니네가 부동산에 아파트를 내놓았었다.

그런데 바로 매물을 구하는 사람을 만나 운 좋게 그날 계약을 했었다.

'열흘뒤 옆집은 이사 갔었지.'

진혁이네가 한바탕 소란에 휘싸여있을 때 말이었다.

진혁은 어머니를 일으켜 세웠다.

그의 마음 같아선 진명이와 더 대화를 나누고 싶었다.

하지만 지금은 시간이 금이었다.

옆집 아주머니가 단지에 있는 한아름부동산에 가기 전에 자신들이 먼저가야한다.

더구나 내일이면 안기부 같은 곳에서 사람들이 쳐들어온다.

물론 이 아파트는 어머니의 명의로 되어있어서 유일하게 이들 가족에겐 남겨진 재산이 되었다.

진명이 이토록 현재 살고 있는 아파트에 집착하는 것도 이유가 있어서였다.

'그때 이 아파트만 잘 팔았더라도.'

진명은 씁쓸하게 웃었다.

훗날 그와 가족에겐 이 아파트는 천추의 한처럼 여겨졌다.

과거 그들 가족에겐 불행의 연속이었다.

한번 사람이 무너지니 연속해서 무너지는 법.

잠시 미쳐서 병원신세를 지게 된 어머니 덕에 남매는 가끔씩 그의 집에 들러서 살펴봐주시는 아버지의 동료박사인 김호진의 아내에 의지하면서 지냈었다.

그렇게 시간이 덧없이 흘러가고 어머니가 제정신을 차리고 현실의 삶을 꾸려나가려고 마음먹었을 땐 IMF가 터졌었다.

대한민국의 사람들이라면 어떻게 잊을 수가 있겠는가.

일명 IMF 경제위기.

대한민국의 모든 부동산과 주식이 추락한 것은 물론이고 재벌그룹들마저 줄줄이 도산하거나 외국인자본에 헐값에 팔려갔다.

그 내막은 둘째치고라도 그 덕에 진혁네 역시 악재에 악재가 겹쳐진 셈이 되었다.

멀쩡한 아파트 가격이 두동강난 것은 물론이고 팔릴지조차 않았다.

그동안 밀린 공과금등 생활비와 비싼 정신병원청구서 때문에 결국 그들은 아주 헐값에 아파트를 팔고 봉천4동에서 봉천8동 쑥고개 시장 쪽으로 이사를 했다.

그것도 한 칸짜리 옥탑 방으로 말이었다.

'절대 그때처럼 되돌아갈 수는 없어.'

진혁은 이를 악물었다.

지금 현재 자신이 할 수 있는, 바꿀 수 있는 현실을 바꾸고자 했다.

"내가 할 수 있을까?"

장혜자는 크게 망설였다.

그녀의 머리와 마음은 이미 진혁의 말을 따라야 한다고 하지만 아파트를 처분하는 일은 또 다른 문제였다.

이런 문제를 한 번도 해보지 않은 그녀로서는 모든 것이 겁이 났다.

"제가 함께 있어드리겠습니다."

진혁이 어머니 장혜자 여사의 손을 꽉 잡았다.

그것이 장혜자를 촉발시키는 역할을 했다.

"그래 가자."

장혜자는 자신도 모르게 벌떡 일어섰다.

한번 해보는 거야.

까짓것.

늘 남편에게 의존하기보다 내 스스로 남편의 힘이 되는 거야. 남편이 돌아왔을 때 든든한 동반자로서 자식들을 잘 키운 엄마가 되보자.

단지 내 있는 부동산을 향해 거침없이 걷는 장혜자의 뒷모습에서 그런 각오가 배여 있었다.

'되었다. 확실히 어머니가 달라지셨군.'

진혁은 빙그레 미소를 띄었다.

애초에 스피리츄얼 마법이 성공하리란 큰 기대는 없었다. 그래서 자신의 마나까지 퍼부으면서 애쓰지 않았던가.

'부모 자식간이라서 통한건가?'

이 상황에서 진혁은 마법사로서 마법의 성공원인을 분석하고 있었다.

"아버지는 언제쯤 돌아오신다고 하던?"

장혜자는 부동산 문 앞에서 멈추셔서 진혁을 향해 질문을 했다.

"그것은 말씀 안 하셨습니다. 하지만 어머니께서 강해져야 한다고 신신당부하셨습니다."

진혁은 일부러 강해져야 한다는 말을 거듭 강조했다.

'어머니에게 이 말이 필요하니깐.'

거짓말을 늘어놓는 진혁도 사실 기분이 좋지는 않았다.

하지만 가족을 지키려면 이 수밖에 없었다.

대한민국에선 아직 16세의 소년이 할 수 있는 일은 많지 않았기 때문이었다.

진혁은 자신이 알고 있는 과거의 그때를 바꾸기 위해서 필요한 거짓말이라고 애써 위로했다.

"네 손을 잡고 있자니 절로 힘이 난다."

장혜자는 아들의 손을 다시 한 번 꽉 잡았다.

마치 용기를 얻으려는 행동 같았다.

그녀의 마음은 불안감에 어쩔 줄을 몰라 했지만 이상하게 그녀의 몸 안에 힘이 도는 것 같았다.

'거참 희한하네.'

장혜자는 모든 게 현실감이 나지 않았지만 아들 진혁의 말대로 자신도 모르게 흘러가는 것을 느꼈었다.

'저 녀석이 어제만 해도 반항하고 난리도 아니었는데…….'

오늘 본 아들의 모습은 어제 본 아들과는 달라도 너무 달랐다.

지금 자신의 손을 잡고 가는 아들의 얼굴에선 강한 카리스마가 흘러나오고 있었다.

소년이라고 하기엔 너무나 위압감마저 들 지경이었다.

"그런데 말투가 영 어색하구나."

장혜자는 아들 진혁을 향해 갸우뚱했다.

"익숙해지십시오."

진혁은 딱잘라 대답했다.

100년을 살아온 습관을 한순간에 바뀌는 것도 쉽지 않지만 무엇보다도 그는 자신의 말투를 과거처럼 어린애처럼 바꿀 필요성을 못 느꼈다.

"상황이 이리 너를 바꾼 거로구나."

장혜자는 아들 진혁을 애처롭게 보면서 말했다.

그녀 생각엔 지금 처한 가족의 상황 때문에 장남으로서 진혁이 책임감을 느끼고 갑자기 변한 것으로 여겨졌기 때문이었다.

'아들도 저러는데… 내가 강해지자.'

흐흠흐흑.

그녀는 숨을 길게 내쉬고는 아들 진혁과 함께 부동산 문을 열었다.

"아이고, 사모님이 이렇게 행차를 다하시고."

부동산 안에 철제책상에 앉아있던 한 남자가 어머니 장혜자를 알아보고는 벌떡 일어나 쪼르르 달려 나왔다.

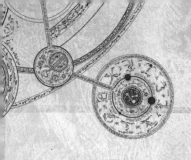

Return
of the Meister

NEO MODERN FANTASY STORY

4. 바뀌는 현실 2

4. 바뀌는 현실 2

Return of the Meister

부동산으로 간 일은 예상외로 급속하게 잘 흘러갔다.

마침 아파트를 사러 나온 사람이 그 자리에 앉아있었다.

진혁은 내심 안도의 한숨을 쉬었다.

아직 옆집 아주머니가 도착하지 않은 것이었다.

어쨌든 진혁이네가 먼저 이 사람들에게 집을 판다고 해도 옆집 아주머니가 오늘 집을 내놓는 것은 변하지 않는 사실이었다.

어차피, 이 동네 아파트들은 잘 팔리는 곳이었다.

오늘 팔리지야 않겠지만 조만간 팔릴 것이다.

하지만 진혁이네는 오늘 아파트를 반드시 팔아야했다.

내일이면 너무 늦으니깐.

그 소문들이 온 동네, 아니 이 좁은 단지 내를 휩쓸고 지나갈 테니깐.

그렇게 되면 아파트를 사러온 사람들도 진혁이네 아파트는 망설이게 될 것이 뻔했다.

앞으로의 사태가 어떻게 흘러갈지 모르기 때문에 진혁은 항상 최악을 염두에 두고 행동했다.

어쨌거나 집을 보러온 사람들이 진혁이네 아파트를 보고는 몹시 마음에 들어 했다.

그 자리에서 계약금 천오백을 건네주었다.

부동산 사장님은 그 사람들에게 연신 진혁이네 아파트는 더 비싸게 팔 수 있는 아파트라고 소개하셨다.

평소 시세로 팔았지만 조금 더 세게 불러도 팔 수 있는 매물이 진혁이네 아파트였기 때문이었다.

13층 로얄층인데다가 전망도 좋았고 남향이었다.

10년을 살았지만 깔끔한 주부인 어머니 장혜자 덕에 아파트는 새집처럼 깨끗했기 때문이었다.

계약금을 쥔 진혁이는 어머니 장혜자를 모시고 곧바로 새집을 알아보러 갔다.

마음 같아선 이곳과 다소 먼 곳으로 이사를 하고 싶었다.

하지만 어머니 장혜자는 달랐다.

남편이 언제든 돌아왔을 때 너무 멀지 않은 곳에 있기를 원하셨다.

'그때도 그랬지.'

진혁은 더 이상 고집을 부리지 않았다.

과거는 바뀌어도 인연은 계속된다는 건가?

진혁은 옥탑 방이 아닌 방 3개의 집으로 나온 매물이 여전히 화영누나네가 주인으로 있는 다세대주택임을 알고는 경악했다.

결국 진혁은 어머니 장혜자가 그 집 2층을 전세로 계약하는 것을 지켜보게 되었다.

매물로 나온 다른 집들보다 그나마 그 집이 제일 낫기 때문이었다.

'화영누나.'

진혁은 오늘 오전에 잠깐 본 화영누나의 모습을 떠올리고는 추억에 잠겼다.

옥탑 방에 살 때 유일하게 이들 가족을 챙기고 잘해주던 이가 주인집 첫째딸 화영누나였다.

장난기가 강하긴 하지만 미모와 몸매만큼은 타의 추종을 불허하는 누나였다.

16살 사춘기소년의 가슴에 첫사랑이란 불을 지핀 건 당연했다.

'인연은 인연인가보다.'

진혁은 어머니와 화영누나의 어머니가 함께 계약서에 사인하는 모습을 지켜보면서 옛 기억을 떠올렸다.

곧 화영누나를 볼 수 있겠지.

약간의 기대감마저 드는 진혁이었다.

"그런데 왜 굳이 전세로 계약하게 하는 거니?"

부동산에서 계약을 마치고 나온 어머니는 진혁을 향해서 조심스럽게 질문했다.

하지만 미래를 아는 진혁으로선 곧 닥칠 IMF사태를 염려하지 않을 수가 없었다.

1997년 11월 21일 한국 정부는 국제통화기금(IMF)에 구제금융을 요청하게 되기 때문이었다.

그땐 모든 주식이 일제히 하락하는 것은 물론 부동산은 완전히 하락되어 똥값이 되어버렸다.

어디 그것뿐인가.

수많은 실직자들이 생겼고 믿었던 은행들은 문을 닫거나 합병되었다.

어떻게 어머니 장혜자에게 그런 사실을 말할 수가 있단말인가.

아니 말해도 믿지 않을 것이었다.

"어머니, 절 믿으십시오. 지금은 우리가 현금을 최대한 모아두어야합니다. 혹시라도 아버지를 데려간 자들이 돈을 요구할 수가 있습니다."

"진혁아……."

장혜자는 놀란 얼굴로 진혁을 쳐다보았다.

남편의 납치에 대한 무게감이 현실로 느껴졌기 때문이었다.

그녀는 좀 전까지 자신이 진혁과 함께 아파트를 팔고 새 집을 계약하고 하던 일들이 비현실적인 느낌이 들었다.

남편이 납치당했는데 자신은 아파트나 팔고 있다니.

장혜자는 자신이 너무나 한심하다는 생각과 동시에 막막한 두려움이 몰려왔다.

'아차, 너무 겁을 주었군.'

진혁은 자신의 실수를 깨달았다.

"어머니, 아버지에게 무슨 변고가 생기는 것은 아닙니다."

"사실이니?"

장혜자의 목소리는 여전히 떨려왔다.

"아버지께서 그렇게 말씀하셨습니다. 당분간 몸을 피해 있는거라고. 그때까지만 어머니께서 저희들을 돌봐주어야 한다고 하셨습니다."

진혁은 아까 장혜자에게 했던 말에 살짝 살을 덧보태어 그녀를 설득했다.

물론 장혜자의 몸에 진혁의 마나를 다시 한 번 살짝 집어넣는 것도 잊지 않았다.

아무래도 아직은 마나의 기운이 있어야 어머니의 의지를 조종하고 진혁의 페이스대로 움직이게 할 수 있었다.

"그렇구나."

장혜자는 고개를 끄덕였다.

그러면서도 여전히 불안한 표정을 지으면 재차 질문을 던졌다.

"정말 네 말을 믿어도 되겠니?"

진혁은 대답 대신 장혜자를 가만히 쳐다보았다.

"네 아버지와 똑같은 표정을 짓는구나."

어머니가 진혁의 얼굴을 보면서 그리운 듯한 표정을 지었다.

"제 표정이 말입니까?"

"그래, 다짜고짜 이해할 수 없는 말이나 행동을 하면서 그저 자신을 믿어달라는 표정을 짓곤 하셨지."

어머니는 고개를 갸웃거리면서 말했다.

'아버지도 나처럼 판테온 세계를 다녀온 건 아닐까?'

한줄기의 의문이 진혁의 머릿속을 스쳐갔다.

"일단은 제가 시키는 대로 해주십시오. 어머니."

"사실 네가 있어 든든하구나."

어머니는 살포시 아들의 손을 잡았다.

모자는 그 이후 말없이 집으로 돌아왔다.

어머니가 자신을 믿고 의지한다는 사실이 진혁으로서는 매우 기뻤다.

그러나 그런 기분도 잠시 집으로 돌아오자 막막한 현실

이 그를 엄습했다.

분명 아버지가 음모에 빠진 것은 명백했다.

또한 아버지는 어쩐 일인지 자신이 마법사로서 각성할 것을 알고 계셨다.

시간의 꼬임을 알고계셨던 건가?

단순히 아버지가 핵물리 쪽을 연구한다고만 알았던 그로서는 마치 망치로 머리뒤통수를 맞은 느낌마저 들었다.

게다가 어머니와의 대화를 통해서 아버지께서도 이해할 수 없는 행동이나 말을 했다는 것이 몹시 마음에 걸렸다.

'내가 아버지에 대해서 너무 무지했군.'

그날 밤 진혁은 진명이와 많은 대화를 나누었다.

실로 동생과 이렇게 대화를 많이 나눠본적도 없었다.

'착한 녀석이었는데 내가 너무 삐뚫어져 있었구나.'

진혁은 다시 한 번 자기 자신을 원망하지 않을 수가 없었다.

조금만 더 아버지나 동생에 대해서 알았더라면, 아니 믿었더라면 아버지가 음모에 빠지는데 멍청하게 방관하지 않았을 것이다.

남동생 진명이와의 대화는 그에게 새로운 학문에 호기심을 불러일으켰다.

마법사들이 갖는 지식의 열정이 그를 다시 불태웠다.

판테온 세계에 있을 때는 지구로 돌아가기 위해서 악착같이 외우고 연구했던 마법을 배우고 익히고 연구했다.

그런데 지금은 마법을 포함해서 세상의 모든 지식이 재밌었다.

진명이가 신나서 떠드는 물리 쪽의 이야기마저 시간가는 줄 모르고 들었다.

과거였다면 따분한 이야기였을 텐데 말이었다.

진명이와의 대화에서 아버지에 대해서 새로운 사실을 얻을 수가 있었다.

아버지가 최근 들어 경수로 설계도 보다는 어떤 일에 깊이 골몰하고 계셨다고 했다.

그것이 무엇인지 진명이에겐 다소 황당무계한 일이라고만 말씀하셨다고 한다.

막연하게 진혁은 그것이 자신이나 지구와 판테온 세계에 대한 어떤 단서가 아닐까 하는 생각에 미쳤다.

그동안 아버지가 경수로 설계도를 북한에 팔아먹는 것도 모자라 직접 북한에 가서 경수로 건설에 이바지했다고만 생각했었다.

모든 건 보이지 않는 진실에 감추워져있었던 셈이다.

'아는 만큼 보이는군.'

진혁은 동생 진명이와 대화를 끝낸 후 혼자 또 깊은 고민에 잠겼다.

'앞으로 며칠이 고비다.'

진혁은 다시 한 번 과거를 되새기느라 그날 밤을 꼬박 새웠다.

❖

그 다음날.

진혁의 예상대로 안기부서 나온 사람들이 우르르 몰려와 아버지 최한필교수를 다짜고짜 찾기 시작했다.

이미 이런 사태가 일어나리라는 예상을 진혁에게 들은 가족들은 침착하게 그들을 맞이했다.

"아버지께서는 어제 집으로 온 두 사람에게 끌려가다시피 나가셨어요."

진혁은 너무나 상세하게 그들의 인상착의를 설명했다.

안기부의 대북수사과장인 박정원은 진혁의 말을 무시할 수가 없었다.

고작 사춘기 소년에 불과한 아이에게서 강한 설득력이 느껴졌다.

이 모든 건 진혁이 정확하고 상세하게 그들의 몽타주를 설명했기에 가능했던 일이었다.

게다가 진혁이 묘사한 두 사람의 모습은 박정원도 아는 자들이었다.

바로 자신의 부하인, 대북수사팀 요원들이었기 때문이었다.

'우연의 일치겠지.'

박정원은 애써 무시하려고 했다.

부하들이 자신에게 보고도 하지 않고 그런 일을 벌인다는 것 자체가 말도 안 되다 때문이었다.

아니, 그보다도 그들이 박정원을 속이려고 든다고 해도 자신을 속일 수 없기 때문이었다.

안기부의 대북수사과장으로서 그는 철두철미한 업무와 수하들의 단속을 꼼꼼하게 잘하는 것으로 유명한 자였기 때문이었다.

박정원은 진혁의 말을 그렇다고 그냥 넘어가기에는 께름칙했다.

"이봐, 이 두 사람 지금 어디 있는지 빨리 사람들 보내서 데려와."

박정원은 그의 뒤에 서있던 요원중 한명에게 명령을 내렸다.

그의 표정은 점점 어두워져만 갔다.

그런 박정원을 보면서 진혁의 마음은 복잡해져갔다.

'과거엔 아버지가 낮에 들어오셨다가 집을 나가셨다고 했지.'

진혁은 그때를 떠올리곤 씁쓸해졌다.

지금 이 사람들의 태도로 보아서 그때 자신이 진술만 제대로 했더라도 아버지가 월북했다는 뉴스는 나오지 않았을지도 모른다는 생각이 들었다.

그때였다.

박정원이 어머니를 향해서 질문을 했다.

"어제 집을 파셨던데 이유가 있으셨습니까?"

박정원은 날카로운 눈빛으로 장혜자를 쳐다보았다.

장혜자의 얼굴에서 당황한 표정이 떠올랐다.

"제가 사고를 많이 쳐서 전학 가려합니다."

"전학을?"

"네, 얼마 전에 가족들끼리 결정한 사항입니다."

최진혁이 어머니를 대신해서 나섰다.

"왜 그러지?"

박정원은 짐짓 모른 척 질문을 던졌다.

"이미 아시겠지만 제가 말썽을 학교에서 많이 부렸습니다. 학교 측에서 어머니에게 오래전부터 요구한 사항입니다."

진혁은 다소 도발하는 말투로 박정원을 향해 말했다.

박정원 입장에서 보면 진혁이 학교에서 문제아였던 것은 확실히 인식시킨 셈이었다.

게다가 그 말은 사실이었다.

그가 다니고 있는 관악중학교에선 진혁이의 전학을 누차 얘기하곤 했었다.

워낙 아버지가 유명한 교수라서 교장조차 대놓고 말하지는 못하고 담임을 통해서 우회적으로 전달하곤 했다.

'그 일이 이때 도움 되다니.'

진혁은 쓴웃음을 지으면서도 박정원을 도발하기 위해서 다소 불량스러운 말투 대답했다.

"이미 아시겠지만?"

그런데 박정원은 의외의 질문을 했다.

안기부 수사팀장 다운 자였다.

"말씀하시는 것을 보니 이미 저희가족들을 오랫동안 지켜보셨던 거 같습니다."

"누가 그러던?"

"저희 아버지가 어제 갑자기 끌려가셨는데 오늘 이렇게 들이닥치신 거며, 저희가 어제 집을 판 것까지 다 아시는데 뻔하지 않습니까?"

"……."

박정원도 최진혁의 말에 말문이 막혔다.

도저히 16세 소년의 언변이 아니었다.

진혁은 재차 다시 한 번 강조했다.

"어제 집을 내놓았는데 그것까지 알고계시지 않습니까? 그 사실만 봐도 저희 집 식구들의 행동을 일거수일투족 감시하고 있었다는 결론밖에 나오지 않네요."

진혁은 박정원을 보면서 강력하게 의문을 제기하는 척했다.

"......?"

박정원은 뒤통수를 얻어맞은 느낌이었다.

최한필교수의 일거수일투족을 감시하는 것은 자신의 팀 담당이었다.

원래 국가의 재원이 되는 중요한 인물은 다른 팀에서 감시 겸 보호를 한다. 하지만 몇 달 전부터 북한에서 최한필교수와 접촉한다는 정보가 있어서 대북수사팀장인 자신이 나서서 감시하고 있었다.

그렇다고 해도 그 가족의 행동을 감시하고 있지는 않았다. 상식적으로 이런 정보가 빠르게 전달된 것 자체에 의문이 들었다.

눈앞의 소년 말대로 가족들의 일거수일투족을 감시하지 않은 다음에야 바로 인수는 없었다.

'누가 이 정보를 보고했지?'

박정원은 오늘 아침 자신에게 올라온 보고서를 떠올렸다.

'보고를 한 자들이......'

박정원의 머릿속은 빠르게 돌아가기 시작했다.

분명 그의 기억이 맞는다면 지금 진혁이란 소년이 그린 안기부 요원 중 한명의 이름으로 보고서가 작성되었다.

'이럴 수가.'

박정원은 애써 소년의 앞에서 자신의 표정을 내보일 수가 없었다.

그러나 그의 가슴은 분노로 치밀었다.

설마 설마 했던 일이 사실임이 드러냈기 때문이었다.

이 세상에 가장 믿을 수 있는 자들이 안기부 요원들이어야 했다.

아니 다른 팀의 안기부 요원이야 그렇다 치고 자신의 부하 요원들은 반드시 믿을 수 있는 자들이어야 했다.

그것이 그의 신념이고 믿음이었다.

그들과 쌓아왔던 신념과 믿음이 한순간에 와르르 무너지고 있었다.

자신의 부하 요원 둘이 자신을 배신한 것이었다.

박정원은 자신이 치명적인 실수를 했음을 깨달았다.

아침에 그 보고서가 올라왔을 때 알았어야 했다.

가족들의 동태까지는 그가 지시한 적이 없었기 때문이었다.

최한필교수의 월북이란 긴급정보 하나만으로 정신없이 이곳으로 달려온 것이었다.

'내가 이런 실수를 하다니.'

박정원의 두 주먹이 떨리고 있었다.

"저, 과장님."

안기부 요원들 중 한 사내가 조심스럽게 다가왔다.

그들도 귀가 있었다.

진혁과 박정원의 대화만으로 지금 상황이 어떻게 돌아가고 있는지 알 수가 있었다.

최한필교수의 월북만으로도 벅찬 일인데 안기부 내부의 관계자가 관련되어있다는 것은 엄청난 충격으로 다가왔기 때문이었다.

요원은 조심스럽게 박정원의 귀에 대고 속삭였다.

"그 두 사람이 지금 연락이 되지 않고 있다고 합니다."

"반드시 잡아와."

박정원의 목소리가 다소 격앙되었다.

그는 그제서야 최한필교수를 둘러싸고 어떤 음모가 돌아가고 있음을 직감했다.

단순히 교수가 월북한 것이 아니라 납치 가능성이 컸다.

눈앞의 소년이 알려주지 않았더라면 박정원은 크나큰 실수를 저지를 뻔했다.

대한민국의 씽크탱크이자 천재과학자 최한필을 매국노로 몰아갈 뻔했기 때문이었다.

"도대체 무슨 일이 저희 아버지에게 일어나는 겁니까?"
최진혁은 아무것도 모르는 척 되려 박정원을 다그쳤다.

"아니다. 하마터면 내가 실수를 할 뻔했구나. 아파트를 판 문제로 오해를 했다."

박정원은 최진혁에게 솔직하게 털어놓았다.

'예전 느낌과는 많이 다르네.'

최진혁은 자신도 모르게 피식 웃음이 나올 뻔했다.

그때당시 박정원과 안기부 요원들이 집에 닥쳤을 때 무슨 괴물처럼 느껴졌었기 때문이었다.

그때는 제대로 된 대화라고는 해보지도 못했었다.

무조건 다그치고 일방적으로 끝났기 때문이었다.

최진혁이 달라졌기에 이들의 태도도 달라졌음을 실감하는 순간이었다.

"아버지가 어떻게 되신 건가요?"

"우리도 정확하게는 모르겠다. 돌아가는 상황이 아버지에게 불리했던 것은 사실이다. 하지만 너의 진술이 크게 도움이 됐다."

박정원은 최진혁의 머리를 쓰다듬었다.

박정원이야 최진혁이 기특해서 머리를 쓰다듬은 거지만 진혁의 입장에서는 어린 취급을 받으니 순간 기분이 좋지는 않았다.

'참자.'

진혁은 쓴 미소를 지었다.

이런 상황에서 애취급받았다고 욱해봐야 좋을 게 없었다.

'박정원만큼은 우리 편으로 만들어야해.'

그의 감이 그렇게 알려오고 있었다.

적어도 눈앞의 박정원은 아버지를 음모에 빠트린 세력과 결탁되지 않은 것은 확실했다.

꾸벅.

"아버지를 저희 가족의 품으로 돌려주십시오."

진혁은 박정원을 향해서 90도로 허리를 굽혔다.

판테온세계에 일인자인 그가 지금 한낱 지구의 평범한 인간에게 허리를 굽히고 있었다.

그만큼 그는 아버지를 되찾는데 박정원이 반드시 필요하다고 판단했다.

"그렇게까지."

박정원은 갑작스럽게 달라진 진혁의 태도에 다소 당황한 표정을 지었다.

'영악한 소년이다.'

박정원의 날카로운 감이 그에게 그렇게 알려오고 있었다.

그러나 거짓말을 할 아이는 절대 아니었다.

하긴 박정원 앞에서 거짓말을 할 수가 절대 없을 것이다.

안기부에서 잔뼈가 굵은 박정원은 자신의 앞에서 조금이라도 거짓말을 하는 자들은 족족 골라낼 자신이 있었기 때문이었다.

박정원은 눈앞의 소년과의 만남이 단순하게 오늘로 끝나지 않을 것이라는 것을 직감했다.

마치 운명에 이끌리는 그런 기분이 그를 휘감았다.

그는 자신도 모르게 안주머니에 고이 들어있는 명함으로 손이 갔다.

"혹시라도 어제 본 자들이 나타나면 이곳으로 연락하거라."

박정원은 최진혁에게 자신의 블랙명함을 건네주었다.

안기부 요원들에겐 세 가지 명함이 존재했다.

보통 가족이나 친지, 친구들에겐 화이트 명함을 내민다.

대개 화이트명함에는 정부소속의 공사기관에 근무하는 걸로 표시가 되었다. 개인적으로 가족들을 지키기 위해서는 안기부 요원의 신분을 철저히 비밀유지를 했다.

아버지가, 남편이 안기부 요원이라는 것을 가족들이 아는 것은 그들에게 큰 도움은 되지 않는다.

그런 이유로 어쩔 수 없이 모든 안기부 요원들은 전부 정부공사기관 산하 기업체 소속으로 신분위장을 했다.

두 번째는 골드명함이었다.

주로 정보를 교류하는 경우에 주고받는데 필요한 명함이었다.

그 명함에는 소속된 안기부 정보팀 전화번호가 박힌 다.

마지막 블랙명함의 경우, 핫라인으로 연결할 필요성이

있는 요원들끼리 주고받았다.

당연히 박정원이 늘 가지고 있는 핸드폰 번호가 새겨져 있었다.

그리고 명함에는 또렷하게 국가안전기획부 대북수사과 장 박정원이라고 찍혀나와있었다.

박정원 자신도 왜 진혁에게 블랙명함을 건넸는지 이해 하지 못했다.

직감적으로 이 소년과 핫라인으로 연결해야겠다는 생각 만 들었다.

"귀한 명함을 주시는군요."

블랙명함을 받은 최진혁이 미소를 띠면서 질문했다.

"똑똑한 녀석이구나."

박정원은 또 한 번 진혁의 머리를 쓰다듬었다.

그의 입장에서야 눈앞의 소년이 말투와 행동은 어른스 럽게 흉내를 내고 있더라도 외모는 영락없는 16세였기 때 문이었다.

게다가 진혁의 잘생긴 외모는 아직 풋풋하고 귀여움이 더 가득했기 때문이었다.

사실 진혁의 사춘기 시절의 외모는 웬만한 여자들보다 더 귀여운 얼굴을 하고 있었다.

나중 자라면서 키와 근육이 붙으면서 귀엽다기보다 잘 생겼다는 이미지로 변하긴 했지만 말이다.

어쨌거나 이때는 상당히 귀여운 소년 이미지가 강했었다.

'제길, 제발 하지 말라고.'

명색이 100년도 더 산 늙은이가 들어가 있는 몸인데 애 취급이라니.

진혁은 자신도 모르게 입술이 뽀로통 나왔다.

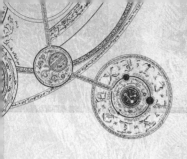

Return
of the Meister

NEO MODERN FANTASY STORY

5. 진명이를 지켜라

5. 진명이를 지켜라

Return of the Meister

　그곳은 어두운 밀실이었다.

　희미하게 빛나는 은촛대만이 이곳에 네 사람이 있다는 것을 알 수 있게 해주었다.

　조용한 정적이 네 사내를 감싸고 있었다.

　마치 폭풍전야처럼 말이었다.

　마침내 그 정적이 한 사내에 의해서 깨졌다.

　검은 로브를 입은 사내였다.

　사내는 무언가 못마땅한지 주먹으로 눈앞에 놓인 탁자를 내리쳤다.

　쾅!

　우지직.

사내의 주먹한번으로 iron wood라고 불리는 유창목으로 만들어진 탁자가 두조각이 나버렸다.

그것만 봐도 검은 로브를 입은 사내의 힘이 얼마나 강한지 알 수가 있었다.

게다가 그에게서 뿜어지는 압도적인 힘은 나머지 세 사내를 주눅 들게 만들기에 충분했다.

"다들 제정신이냐!"

사내는 눈앞에 고개를 숙이고 세 사람을 쳐다보았다.

"죄송합니다. 교수의 아들 녀석이 알고 있을 줄은……."

한 사내가 얼굴이 벌개져서 대답했다.

"뭐 하러 교수의 집은 올라갔냐고. 개새끼들."

"그게……."

사내는 말을 잇지 못했다.

휘이익.

크리스털로 만들어진 재떨이가 사내의 얼굴에 명중했기 때문이었다.

으윽.

사내는 비명을 지르지도 못하고 서있었다.

그의 이마에선 붉은 피가 흐르기 시작했다.

그러나 그의 얼굴은 여전히 아픔보다 억울함으로 가득 찼다.

교수가 제시간이 나오지 않아 혹시 달아났을지도 모른

다는 생각에 집으로 직접 데리러 갔기 때문이었다.

하지만 분명 집안에 사람이 없다는 것을 확인했었다. 그 집 아들이 그곳에 있어 자신들을 목격했다는 사실만으로도 답답하기 짝이 없었다.

신분이 드러났다는 것은 자신이 있어야할 자리로 돌아가지 못함을 의미한다.

일터는 물론이고 가족들까지도 말이었다.

그는 최한필교수를 원망했다.

하지만 눈앞의 이 자는 자신들의 신분이 드러난 것에 대해서 최한필교수보다 자신들에게 화를 내고 있었다.

아니, 자신들의 신분이 드러난 것을 염려하는 것도 아니었다.

일의 흐름이 원하는 방향으로 흘러가지 못하고 있기 때문에 자신들을 문책하고 있었다.

그럼에도 불구하구, 검은 로브의 사내에게 그 어떤 반항이나 대꾸를 제대로 하지 못하고 있었다.

무섭다.

너무나 무섭다.

다만 그 느낌만이 이들을 감싸고 있었다.

"네놈들, 일처리를 똑바로 못해!"

"죄… 죄송합니다."

검은 로브를 입은 사내 앞에 서있는 세 사람은 고개를

숙였다.

"죄송하면 다야!"

사내는 여전히 질풍노도 화를 내고 있었다.

세 사람은 눈만 껌뻑 껌뻑일 뿐이었다.

"저… 아파트를 팔았다는 정보를."

세 사람 중 가운데 있던 사내가 마지못해 입을 열었다.

하지만 그 역시 말을 끝내지 못했다.

휘익.

어느새 검은색 로브를 입은 사내가 가운데 있던 사내 앞에 서있었다.

꽝.

동시에 가운데 있던 사내의 몸은 검은색 로브를 입은 사내의 손바닥에 밀쳐져서 허공에 일순 부웅 뜨더니 그대로 추락했다.

실로 가공할 힘의 소유자였다.

"자네."

검은색 로브를 입은 사내는 세 사내 중 여전히 온전한 사내를 쳐다보았다.

움찔.

그것만으로도 왼쪽 편에 서있던 사내는 벌벌 떨었다.

"여기까지야."

검은색 로브를 입은 사내가 오른손가락 검지를 들어 자

신의 목을 스윽 긋는 포즈를 취했다.

"제발, 제발 한번만 더 기회를 주십시오."

왼쪽 편에 서있던 사내는 무릎을 꿇고 울먹였다.

"하루 더주지."

검은색 로브의 입은 사내는 더는 할 말이 없다는 듯이 오른팔을 들어 자신의 얼굴을 가렸다.

그러자 놀라운 일이 생겨났다.

검은색 로브를 입은 사내의 형체가 서서히 사라지는 것이었다.

어두운 밀실에 이마에 피를 흘리는 사내와 바닥에 내동댕이쳐져 아직도 뒹굴고 있는 사내, 그리고 무릎을 꿇은 채 울먹이는 사내만이 남겨있었다.

❖

안기부에서 다녀간 그날 9시 저녁 뉴스의 하이라이트는 한국 최고의 천재 최한필교수가 북한에 의해서 납치되었다는 소식이었다.

어느 채널을 틀어도 최한필교수에 관한 기사가 흘러나오고 있었다.

이를 지켜보는 진혁의 마음은 착잡하기 이를 데가 없었다.

'하루도 채 지나가지 않았는데…….'

진혁은 과거엔 경황이 없어서 흘러가는 사태를 이해하지 못했었다.

하지만 지금은 상황이 어떻게 흘러가는지, 어떤 점이 모순인지를 알 수가 있었다.

이렇게 빨리 아버지가 납치당했을지도 모른다는 정보가 언론에 노출되었다는 것은 이미 작정하고 덤빈 자들이 있다는 것을 뜻했다.

진혁은 아버지 최한필교수의 납북과 관련된 미지의 존재들에 대해서 극심한 분노를 느꼈다.

이자들은 사전에 철두철미하게 덫을 놓고 아버지와 자신의 가족들을 덮쳐온 것이었다.

그 덫에 걸려 허우적거리면서 살던 과거를 생각하니 스스로에 대한 한심함마저 일었다.

그는 아랫입술을 꽉 깨물었다.

'힘을 더 길러야겠구나.'

진혁은 지금이 방학중이라는 게 매우 다행스럽게 여겼다.

'당분간 매화당에 올라가 마나를 모으자.'

최소한 2서클이라도 빠른 시일 내에 안정화시켜야했다.

마음 같아서야 당장이라도 전라도에 있는 지리산이나 경상도에 있는 소백산 같은 곳을 찾아가 칩거하고 싶었다.

그러나 현실은 녹록하지 않았다.

지금 진혁에겐 지켜야할 가족이 있기 때문이었다.

일단 집이 이사 가고 안정될 동안은 관악산 매화당으로 만족해야 했다.

'쩝.'

진혁은 입맛만 다셨다.

원래 마법사라는 존재들이 그렇다.

더 많은 서클수를 갈망하고 더 깊숙한 마법지식을 알려고 열망에 열망을 거듭한다.

평생을 거쳐 마법연구에만 바치는 자신의 일생을 바치는 마법사들이 판테온 세계에 수두룩했다.

진혁에게도 그런 마법사로서의 본능은 여전히 남아있었다.

하지만 현실은 녹록하지가 않았다.

곧 진명을 데리러 한국영재원에서 방문할 것이다.

이것을 미리 아는 진혁으로서는 만만히 대비를 해야 했다.

'으윽, 답답해.'

진혁으로선 9서클의 대마법사로 오랜 시간 살아와서 그런지 2서클도 채 안정화 못시키는 자신이 너무나 답답했다.

진혁은 답답한 심정으로 뉴스를 뚫어지게 쳐다보았다.

여전히 뉴스에선 아버지 최한필 교수의 납치에 대해서 다루고 있었다.

심지어 자진 월북했을 가능성도 있다는 시각도 다루고
있었다.

'원래 의도가 이거겠지.'

진혁의 가슴은 분노로 타올랐다.

아버지 최한필교수를 둘러싸고 있는 알지 못하는 미지
의 세력에 대한 분노였다.

진작 아버지를 믿고있었더라면 좋았을 텐데.

언제까지 후회만 할 수없다.

꽈악.

진혁은 입술을 깨물었다.

다시 얻은 소중한 이 기회를 잘 활용해야한다.

진혁은 텔레비전을 노려보듯이 쳐다보았다.

마치 뉴스에 나오는 아나운서가 원수인 것처럼 말이었다.

"오빠."

조용히 뉴스를 경청하던 소희가 진혁의 옷자락을 꽉 쥔
다.

아직 초등학생에 불과한 여동생 소희로서는 아버지가
북한에 납치되었다는 것도 큰 충격이었다.

그런데 자진월북이라니.

비록 초등학생이었지만 그 의미가 주는 것이 무엇인지
알고 있었다.

소희는 교수집안의 딸답게 매일 신문기사를 읽고 텔레

비전에 나오는 뉴스는 꼭 보았던 터라 시사에 어느 정도
이해력이 있었다.

소희의 손이 부들부들 떨리고 있었다.

"아니다."

진혁은 소희의 어깨에 팔을 둘렀다.

"오빠, 무섭다."

소희는 진혁의 몸에 가만히 기대었다.

'이때쯤이었지.'

소희는 이일이 있고나서 웃음을 잃었다.

진혁의 기억 속에서 이전의 소희는 항상 밝고 잘 웃는
아이였었다.

하지만 아버지가 자진월북하고 어머니마저 정신병원에
서 고생하고 그 후 생계를 잇기 위해서 온가족이 너무나
고생을 했다.

12살, 갓 예민한 사춘기에 접어드는 소녀로서 감당할 수
있는 일이 아니었다.

'소희야, 네 미소만큼은 꼭 내가 지킨다.

진혁은 다시 한 번 각오를 다졌다.

그리고 소희의 머리를 쓰다듬었다.

"칫, 오빠는 자기 머리는 쓰다듬는 거 싫어하면서 내 머
리는 왜 쓰다듬어?"

소희는 말은 그리하면서도 싫지 않은지 가만있었다.

"소희가 기특해서 그렇구나."

"오빠 말투 아무리 들어도 이상해."

소희가 고개를 갸웃거린다.

그 모습이 여간 귀여운 게 아니었다.

"익숙해지려무나."

"크크, 익숙해지려무나."

소희가 진혁의 말투를 따라했다.

"놀려도 된다."

"칫, 옛날처럼 발끈하지도 않네?"

"내가 화내길 바라는구나."

"그건 아니고, 그냥 이상해."

소희가 머리를 가로저었다.

불과 얼마 전까지의 오빠 진혁을 생각하면 싫었다.

항상 툭툭대는 말투에 자신은 거의 무시당하기만 했었기 때문이었다.

"그냥 어색해서 그렇지, 난 지금 오빠가 좋다."

소희는 진심으로 말했다.

"기특하구나."

진혁은 동생 소희를 사랑스럽게 쳐다보았다.

"내가 기특하지?"

"그럼 기특하고말고."

"내가 생각해도 난 기특해!" 소희는 다시 미소를 찾고는 환하게 웃으면서 계속 말했다.

"이제 우리는 넓은 아파트에서 좁은 주택으로 이사도 가야하고 개학하면 새로운 학교로 전학도 가야하고…… 근데도 내색안하고 잘 지내지?"

오빠 진혁의 칭찬을 기대하면서 소희의 맑은 눈망울이 반짝 거리고 있었다.

"다 알고 있구나."

진혁은 소희가 정말 대견스러웠다. "아빠가 빨리 돌아오셨으면 좋겠어. 그래도 난 오빠가 이렇게 집에 있어주니깐 더 좋다."

"그렇구나.

진혁은 고개를 끄덕였다.

"아빠도 함께 있으면 좋겠지만 그래도 오빠가 아빠대신 듬직하게 집에 있어주니깐 좋아."

"……"

진혁은 뭉클한 감정이 들었다.

마냥 어린애기로 보았던 소희가 새삼 달라보였다.

천성이 밝고 명랑한 아이이긴 해도 말이다.

"오빠가 나 항상 지켜줄거지?"

"그래그래. 소희가 시집갈 때까진 이 오빠가 지켜주겠노라."

"오빠가 지켜주겠노라? 크크크."

소희는 진혁의 말투를 또 따라하면 웃기 시작했다.

그러다 그녀는 진혁의 얼굴을 빤히 쳐다보면서 말했다.

"칫, 평생 시집못가면?"

"설마 내 여동생인 최소희가 시집을 못가겠니?"

"난 안 갈 건데… 크크크크."

소희는 날름 혓바닥을 내보였다.

"그래라, 지금이야 그런 말을 하지."

진혁은 피식 웃었다.

사실 그가 제대하기 전에 소희는 시집을 갔다.

21살의 나이에 말이었다.

물론 20살에 결혼하신 어머니에 비하면 1살 늦은 거라도
본인은 주장했지만 어쨌거나 당시에는 빠른 결혼이었다.

당시 집안 사정으로 대학을 가지 못한 소희는 직장에 일
찍 취직했었다.

그곳에서 직장상사와 사랑에 빠져 일찍 결혼식을 올리
게 된것이었다.

그때 직장상사의 나이는 31살이었다.

남자 입장에서는 급할 수밖에 없었던 때였다.

'이것도 바뀔까?'

진혁은 고개를 갸웃거리면서 밝게 웃는 소희의 얼굴을
쳐다보았다.

그는 소희를 반드시 대학교에 보내고 싶었다.

그렇게 된다면 소희의 배우자감도 달라지는지 진심으로
궁금해졌다.

자신을 뚫어지게 쳐다보고 있는 소희의 커다란 눈망울
을 보자니 진혁은 미소가 저절로 피어올랐다.

이렇게 예쁘고 사랑스러운 동생을 왜 그때는 내팽개치
고 반항만 했을까.

다소 후회스럽긴 했다.

하지만 그 후회가 있기에 지금 더 나은 사람이 되려고
자신이 노력하지 않는가.

진혁은 말없이 소희의 머리를 쓰다듬었다.

끄덕끄덕.

소희도 더는 아무 말도 안했다.

하지만 진혁은 느낄 수가 있었다.

어린 소희가 지금 얼마나 불안해하는지.

하지만 애써 티를 내지 않으려고 애쓰는지.

그리고 자신을 얼마나 의지하는지를 말이었다.

진혁은 곁눈으로 주방에서 식사준비하시는 어머니 장혜
자를 보았다.

어머니 역시 식사준비를 하시면서도 뉴스에 귀를 항상
열어두셨다.

방금 지나간 자진월북 가능성이란 소리를 들으신 게 뻔
했다.

식탁에 숟가락을 놓으시는데 손이 떨리고 계셨다.

당장 의지하고 믿을 남편이 사라진데다가 납치된 것만으로도 힘든 상황인데.

진혁은 충분히 어머니를 이해할 수가 있었다.

장성의 딸로 자라서 고생한번 안하고 아버지를 만나 역시 지금까지 아무런 탈도 없이 곱게 지내온 어머니였다.

지금 어머니가 미치지 않고 이만큼 견디시는 것도 진혁이 어머니 몸에 넣어준 마나덕분이리라.

따르릉. 따르릉.

거실에 있는 전화가 큰소리로 울려대었다.

진혁은 그게 누구 전화일지 뻔히 알았다.

외할머니이리라.

외할버지의 성화에 못 이겨 외할머니는 오늘 하루 종일 계속 어머니에게 전화를 하고 있었다.

애야, 자진월북이라니?

수화기 너머 들려오는 소리 들려오는 외할머니의 걱정스런 목소리에 분노하고 계신 외할아버지의 모습이 오버랩 되었다.

"엄마, 안기부에서 납치됐을 거래요. 우리 진혁이가 애 아빠를 데려간 사람을 똑똑히 봤대요."

어머니는 애써 침착하게 자신의 어머니, 외할머니에게 설명하고 있었다.

'기가 막히다. 사위가 납치되어서 딸과 손주들이 지금 어떤 지경에 처해있을지 걱정도 안 된단 말인가?'

진혁은 어머니의 전화통화 소리를 들으면서 화가나 미칠 지경이었다.

이미 한번 경험해서 알고는 있었다.

당시에는 자진월북으로 판정되었으니깐.

사위가 조국을 배신했다는 이유 하나로 자신의 딸과 손주들을 내친이가 바로 외할버지였다.

딸깍.

휴우.

전화 끊는 소리와 함께 어머니 장혜자의 긴 한숨소리가 들려왔다.

"어머니, 이제는 집으로 걸려오는 전화 받지 마십시오."
진혁이 어머니를 향해서 말했다.

"어떻게 그러니?"

"좀 있으면 여기저기서 전화가 끝도 없이 올 것입니다. 계속 받아서 변명하시려고 하십니까?"

"그게……."

"엄연히 피해자는 우리 가족들입니다. 아니 아버지가 가장 큰 피해자이십니다. 이 사람들이 아버지나 우리를 염려해서 전화가 오는 건 아니지 않습니까?"

진혁이의 항변에 장혜자는 고개를 끄덕였다.

들고 보니 틀린 말은 아니었다.

"지금은 우리 스스로 추슬러야합니다. 열흘뒤에 있을 이사준비도 해야 하고 최대한 돈을 아껴써야합니다. 만약 아버지가 자진월북으로 판정나면 우린 모든 것에서 고립당하고 말 것이 분명합니다."

"설마… 네 외할아버지가 계신데 그러겠니?"

어머니는 말 도안된다는 표정을 지었다.

장혜자의 아버지는 중장으로 양주와 합천을 통솔하고 계셨다.

별이 주는 위력은 굉장한 것이었다.

진혁은 어머니 장혜자의 그 말에 어깨를 으쓱거렸다.

"아마 더하실 걸지도 모르겠습니다."

"설마……."

"믿지 마십시오. 이젠 정말 우리 가족들끼리 똘똘 뭉쳐서 아버지가 오실 때까지 버텨야 합니다."

장혜자는 아들 진혁의 말에 고개를 끄덕였다.

"제가 반드시 아버지를 집으로 모셔오겠습니다."

"그걸 네가 어떻게… 나랏님들이나 하는…."

"절 믿어주십시오. 어머니."

"……."

장혜자는 더는 말을 잇지 못했다.

늘 반항만 일삼던 진혁이 이렇게 어려운 상황에서 의젓

하게 가족을 지키는 것도 기특했다.

더구나 아버지를 구하겠다는 진혁의 말에 감동을 할 수밖에 없었다.

물론 진혁이 진짜 아버지를 구해낸다는 것을 믿는 것은 아니었다.

장혜자는 자신의 아들 진혁이 마법사가 되어 다시 과거로 돌아왔다는 것을 당연히 알지 못했다.

정작 진혁은 답답했다.

판테온 세계에서라면 다른 나라 하나쯤 쳐들어가서 망하게 하는 것은 눈 하나 까딱이면 그만일 정도였다.

그곳에선 진혁은 그야말로 최강자 중의 최강자였다. 여타 황제나 왕들이 부럽지 않은 위치에 있었다.

아니, 황제나 왕들마저 진혁의 기침소리 하나에도 벌벌 떨 정도로 위세가 대단했었다.

'그냥 쳐들어가서 한마디 마법만 외치면 그만인데……'

진혁은 9서클의 익스털미네이션마법 수식을 떠올렸다.

피식.

괜히 쓴웃음이 나왔다.

수식은 여전히 그의 머릿속에 들어있었다.

만약 이 마법이 북한에 시현된다면 개미새끼 한 마리 살아남지 못할 것이었다.

9서클의 위력은 그만큼 강했다. 아니, 9서클이 아니라 8

서클 정도의 익스털미네이션마법만 시현해도 충분했다.

북한쯤은 한순간에 지구상에서 영원히 사라지고 없을 것이다.

진혁은 아랫입술을 지그시 깨물었다.

짝짝짝.

갑자기 박수소리가 났다.

"옳소!"

어느새 나타났는지 동생 진명이 박수를 치면서 소리쳤다.

"우왕, 울 오빠 멋지다!"

소희마저 좀 전의 불안한 표정을 간데없고 환한 웃음을 지으면서 진혁의 몸에 매달렸다.

진혁 덕분에 가족들 간의 강한 연대감이 흐르기 시작했다.

딩동.

갑자기 초인종 소리가 났다.

"이 시간에 누구지?"

어머니는 의아한 표정을 지으면서 현관문으로 나가셨다.

"누구세요?"

인터폰을 대고 어머니는 조심스럽게 물어보았다.

가뜩이나 뉴스에 아버지 소식이 나온지라 행여 신문사나 이런 곳에서 기자들을 내보냈을지도 모른다는 불안감에서였다.

"한국영재원 임정재박사입니다."

"아."

어머니는 진명이 때문에 이미 임정재박사를 알고 있었다.

한국영재원에서는 매주 화요일마다 영재아이들을 모아
놓고 프로그램을 진행하는데 그때마다 가장 탁월한 성적
으로 진명이가 올리고 있었기 때문이었다.

임정재박사는 늘 어머니에게 진명이 천재라고 칭찬을
아끼지 않았다.

아버지를 이을 차세대 우리나라 최고의 핵물리학자감이
라고 덧붙이는 것도 잊지 않곤 했다.

'저자가 달콤한 말로 우리를 꼬드겨서 진명이를 데려갔
었지.'

진혁은 이미 이일이 닥칠 것을 알고 있었기 때문에 천천
히 몸을 일으켜 현관 문 쪽을 향했다.

어쨌든 결판을 내야했다.

아버지를 지킬 수없었던 무력감을 또 느낄 수는 없었다.

진혁은 두주먹을 꽉 쥐었다.

처음엔 임정재박사도 점잖게 나갔다.

한국영재원에서의 입장과 정부쪽에서 협력을 요구하는
공문이 왔다는 게 진명이를 데려가는 이유였다.

"사모님께서 지금 상심이 매우 큰 줄은 알고 있습니다.
하지만 둘째아드님은 이 나라의 큰 자산입니다. 미래의 중
요재원이 바로 이 나라의 미래입니다."

임정재박사의 그럴듯한 말과는 달리 그의 표정은 몹시
초조해있었다.

진혁은 임정재박사와 일행 세 명을 유심히 살폈다.

'저 세 명 다 유단자?'

진혁은 어이가 없었다.

한국영재원이라는 곳에선 12살의 남자아이 하나를 데려
오는데 세 명의 무술유단자들을 딸려 보냈다.

이 얘긴 반드시 진명이를 데려가야겠다는 의지이기도
했다.

그러나 한편으로 생각하면 합법적인 정부 측에서 추진
할만한 일은 아니라는 것이었다. 정부에서 아이 하나를 데
려오기 위해서 무술유단자들을 같이 보내었다는 것 자체
가 말이 안되었다.

과거라면 절대 알 수 없는 사실이었다.

임정재박사의 꼬드김에 진명이를 보내주는 것이 진명이
를 위하는 길이라고 믿었기 때문이었다.

그때는 같이 온 세 명의 사내에 대해서 생각할 겨를도

없었고, 생각했더라도 그들이 무술유단자라는 것을 진혁이 알 방법도 없었을 것이었다.

'그렇다면 과거 진명이는 어디에 있었단 말인가?'

과거 진명이의 안부편지만 집으로 오고가고 하긴 했었다.

하지만 진명이가 임정재박사를 따라간 이후 실제로 얼굴을 본적은 한 번도 없었다.

한번은 어머니가 진명이를 보러 양재 임정재박사가 있는 한국영재원을 찾아갔었다.

진명이 워낙 뛰어나서 미국 영재원 쪽으로 유학을 갔다는 소식만 들었다.

조만간 매사추세츠공과대학교, 즉 MIT에 입학허가를 받게 될 예정이라는 그럴듯한 말과 함께 말이었다.

실제로 MIT에 입학을 해서 공부하고 있다는 소식도 그후에 듣기는 했었다.

하지만 정작 가족들은 진명의 모습을 단 한번도 보지 못했다.

'도대체 우리 아버지는 어떤 일에 휘말리셨는지.'

진명은 자신도 모르게 거대한 소용돌이에 현기증마저 느껴 잠시 눈을 감았다.

그 와중에도 어머니와 임정재박사의 대화소리에 귀을 기울였다.

"그래도 얘 아버지가 안 계신데 결정할 수는 없어요."

장혜자는 힘을 주어 임정재박사에게 말했다.예전의 그
녀라면 상상하기도 어려운 일이었다.

'어머니가 달라졌어.'

진혁의 얼굴엔 희미한 미소가 감돌았다.

그러나 방심할 수는 없었다.

"그렇기 때문에 더욱 진명이를 데려가야 합니다."

"어째서 그렇습니까?"

진혁이 대화에 끼어들었다.

"으흠. 얘야, 그건 말이지. 너희 아버지께서 북한으로
납치되었을 가능성이 높다고 하지 않니? 그렇다면 그분의
아들인 진명이도 타깃 될 가능성이 높단다."

"아버지께서야 우리나라 최고의 천재과학자라고 알려
지신 분 아닙니까? 하지만 진명이는 겨우 대학생들과 어
깨를 겨룰 정도의 실력밖에 되지는 않습니다."

사실 12살짜리가 대학생들과 어깨를 겨룰 정도의 실력
은 대단한 일이었다.

하지만 진혁이나 가족의 입장에서 보면 그 정도 실력으
로 인해서 정부 측에서 진명을 데려간다는 것은 말도 안
된다는 입장이었다.

'과거엔 저자의 말 몇 마디에 우리가 넘어갔었지.'

진혁은 쓴 미소를 지었다.

그때 자신과 가족들이 얼마나 무능했었는지, 얼마나 바

보였는지 알 수가 있었다.

그때 모르던 것들이 지금 보이기 시작했다.

그러나 섣부르게 저들을 도발하는 것도 조심해야 했다.

일단은 저들에게서 조금이라도 진명을 데려가는 목적이나 뒷배후를 알아내는 것도 매우 중요했기 때문이었다.

그러기 위해서 임정재박사를 적으로 돌릴 필요는 없었다.

안기부 대북수사과장인 박정원이 진혁에게 호감을 가진 것만으로도 상황이 과거와는 많이 달라졌지 않은가.

'저자도 많이 알지는 못해. 배후를 캐내야해.'

"우리 진명이가 그 정도로 훌륭합니까?"

진혁은 궁금증이 많은 소년처럼 열심히 임정재박사를 향해 이것저것 캐묻기 시작했다.

임정재박사는 그저 진혁이 호기심 많고 동생을 걱정하는 아이정도로 취급하면서 대답을 해주었다.

박사의 입장에서는 가족들의 오해 없이 조용히 진명을 데려가는 편이 더 나았기 때문이었다.

"그렇지, 그동안 영재원에서 보여준 진명이의 실력은 매우 뛰어난단다."

임정재박사는 최대한 자제심을 가지고 진혁을 설득하고 있었다.

정작 당사자인 진명은 어쩔 줄을 모르고 서있었다.

"뛰어난 것과 희귀한 것은 엄연히 다르죠. 이 나라에 있는 천재급 애들은 죄다 가족들과 떨어져서 지내야 하나요?"

"그건 아닌데, 나라에서 필요하다고 생각하면 특별 보호하기도 한단다."

임정재박사는 최대한 자제심을 가지고 대답했다.

'한번 건드려볼까?'

진혁은 임정재박사를 향해서 씨익 웃었다.

"아무리 그래도 이건 일방적입니다. 사전에 진명이를 특별보호대상으로 지정한다는 말씀도 없었습니다."

진혁은 그런 임정재박사를 더욱 자극시켰다.

"내가 미리 말 안했었나? 난 네 엄마에게 얘기했는줄 알았다."

임정재박사는 난처한 표정을 지었다.

그로서도 내키지 않는 일이었다.

그런데 이 가족들의 저항도 만만치가 않았다.

하긴 사전언질도 없이 저녁에 느닷없이 닥쳐서 아이를 데려간다면 좋아할 가족은 아무도 없을 것이다.

그로서도 충분히 이 가족의 마음은 이해가 갔다.

하지만 그로서도 이 명령은 반드시 수행해야했다.

임정재박사는 장혜자를 쳐다보았다.

평소 조용하고 유약해보이던 장혜자였다.

그런데 오늘밤 그녀는 정말이지 이토록 강했다.

장혜자는 난처한 빛으로 자신을 보는 임정재박사를 쏘아보고 있었다.

　그녀는 더욱 높아진 언성으로 소리쳤다.

　"이상하네요. 박사님께서는 미리 한번도 이런 언급을 하지 않으시다가 애 아빠가 사라지니 함부로 나오시네요."

　장혜자의 강한 어투가 진혁은 마음에 들었다.

　사실 진혁은 또 한 번 자신의 마나를 장혜자의 몸에 흘려보내고 있었다.

　비록 아주 미비한 양이긴 해도 그것만으로 장혜자는 정신적으로 강해지고 있었다.

　'쩝, 며칠은 마나를 죽어라 모아야겠군.'

　지금은 마나를 하나라도 더 모아야할 판이었다.

　하지만 그보다 중요한 것은 가족을 지켜내는 일이었다.

　태생적으로 멘탈이 약하신 어머니가 강하게 나갈 수 있는 방법은 이것밖에 없었다.

　"허허. 제가 말씀드린 적이 없습니까?"

　임정재박사의 벗겨진 이마에서 땀이 송골송골 맺히고 있었다.

　그는 연신 손수건을 들어 이마에 맺힌 땀을 닦기 바빴다.

　"박사님이 이런 명령을 내릴 분 같지는 않습니다."

　진혁이 임정재박사를 쳐다보면서 말했다.

　"왜 그렇게 생각하지?"

"박사님은 인정도 많고 그간 우리 진명이와 어머니에게 잘해주시지 않았습니까?"

"그렇지, 허허."

"그럼 누구입니까?"

"뭘?"

"박사님에게 우리 진명이를 데려오라고 한 사람 말입니다."

"나도… 모르겠다."

진혁의 날카로운 질문에 임정재박사는 순간 당황했다.

그의 이마에서는 한줄기 굵은 땀이 주르르륵 떨어졌다.

진혁의 페이스에 말려서 이제는 더 이상 말대꾸할 기력도 없었다.

게다가 자신이 누군가의 명령을 받고 왔다는 것을 눈앞의 소년이 눈치 챈 듯싶었다.

그때였다.

"박사님, 그냥 데려가죠."

임정재박사의 설득이 가족들에게 먹히지 않자 그때까지 조용히 있던 세 사내 중 은회색의 양복을 입은 사내가 박사에게 속삭였다.

나이는 제일 어려 보여도 세사내중 가장 서열이 높아 보였다.

나머지 두 사내가 은회색 양복을 입은 사내의 속삭임에

고개를 끄덕이는 것으로 보아선 말이었다.

임정재박사는 진혁과 가족들의 눈치를 한번보고는 고개를 끄덕였다.

도저히 말로서는 이 가족들을 설득할 자신이 없었기 때문이었다.

자신에게 이런 명령을 내린 최성현이 원망스러울 뿐이었다.

은회색 양복을 입은 사내는 나머지 두사내중 키가 작고 다부져보이는 사내에게 눈짓을 했다.

그러자 박사 뒤에 있던 키가 작은 사내가 성큼 가족들 앞으로 나섰다.

진혁은 그런 사내를 쏘아보았다.

"원망하지 마라. 이것도 다 네 동생이 뛰어나서 그런 거니깐."

사내는 진혁에게 빈정거리듯이 한마디를 하고는 진명이 있는 쪽으로 걸음을 옮기려고 했다.

"뛰어난 사람들은 무조건 나라에서 무력을 행사해 데려갑니까?"

진혁은 사내에게 도발하듯 말대꾸를 했다.

"다 나라를 위해서라고 생각해. 애가 자꾸 토 다는 것도 좋은 건 아니다."

사내는 은근슬쩍 자신의 소매를 걷어 팔위에 새겨진 문

신을 보여주었다.

한 마리의 용이 당장이라도 상승할 것처럼 움틀 거리고 있는 문신이었다.

한마디로 아직 어린 소년에게 협박용으로 보여준 셈이었다.

하지만 진혁은 그 문신 옆에 새겨져있는, 너무 작아서 자세히 보지 않으면 보이지도 않는 상징하나를 발견했다.

그의 안력이 뛰어나기 때문에 가능한 일이었다.

보통사람들은 자세히 들여다봐도 그저 아주 작은 점정도로 보이는 상징이었다.

눈앞의 사내는 방금 자신이 아주 치명적인 실수를 했다는 것조차 인식하지 못하고 있었다.

'오각성.'

흔히 조직폭력배들이 몸에 용을 새기는 것은 흔했다.

하지만 용 문신 옆에 오각성 상징은 전혀 달랐다.

오각성. 펜타그램.

펜타그램은 오각형의 별모양을 뜻하는 것이다.

본래 성스러움을 상징하는 펜타그램과는 달리 역펜타그램은 사악함, 악마의 별을 의미했다.

'저자에게 있는 것은 역펜타그램이다.'

진혁은 다시 한 번 사내의 팔을 힐끔 쳐다보았다.

역펜타그램의 상징이 그의 팔에 희미하게 빛이 났다. 이

것은 분명 일반적으로 문신가게에서 새겨지는 것이 아니었다.

어둠의 힘과 계약을 맺을 때 형성되는 것이었다.

'지구에서도 이런 자들이 있었다니.'

진혁은 그 문신으로 인해서 자신이 미지의 세력을 알아내기 위해 한발자국 더 들어선 것을 깨달았다.

아버지를 납치한 자들, 그 배후는 저 자의 팔에 새겨져 있는 오각성이 필시 연관되있었다.

다만, 눈앞의 저자들은 피라미에 불과하다는 점이 아쉬웠다.

어둠의 힘과 계약할 때 나타나는 역펜타그램은 상대에 따라서 그 크기등 형태가 달랐기 때문이었다.

그때였다.

"내 자식을 데려가는 게 무슨 나라를 위한 거에요!"

장혜자가 다시 한 번 큰소리를 치면서 사내에게 대들었다.

어머니의 입장으로선 문신을 보고 멍하게 있는 진혁을 보자, 아들을 지키기 위해서 대든 셈이었다.

진혁은 어머니의 그 모습을 보자 새삼 현실이 바뀌었다는 것을 실감했다.

예전 같으면 넋 놓고 그냥 아들을 빼앗겼을 것이다.

"이 여편네가!"

용문신을 보여주었던 사내가 거칠게 장혜자를 밀었다.

꽈당.

장혜자의 몸은 사내의 힘에 그대로 거실바닥으로 내동 댕이쳐졌다.

"엄마!"

"까악!"

소희와 진명의 비명소리가 동시에 터져 나왔다.

"당신들, 지금 이게 뭐하는 짓거리야!"

여태까지 자신의 발톱을 드러내지 않고 최대한 참고 있 던 진혁이의 눈에서 불이 번쩍 일었다.

"꼬맹이가 드디어 열 받았구나?"

키 작은 사내는 비웃듯이 말했다.

퍼억!

진혁의 주먹이 움직인다 싶었다.

으윽.

순간 용문신의 사내 입에서 낮은 신음소리가 흘러나왔다.

애초 아직 어린애라고 방심한 것이 문제였다.

생각보다 강한 펀치였다.

용문신의 사내는 미간을 찡그렸다.

"좋은 말 할 때 물러들 가."

진혁이 낮게 으르렁 거렸다.

"어른들 세상에 온 걸 환영한다."

용문신의 사내 역시 으르렁 거렸다.

한참이나 나이어린 진혁에게 당한 것이 수치스러웠기 때문이었다.

망신도 이런 망신이 없었다.

"그럼 맛보여줘봐."

진혁은 코웃음을 쳤다.

그것이 용문신을 한 사내를 더욱 도발했다.

"봐주지 않겠다."

용문신을 한 사내는 진혁을 먹잇감처럼 노려보았다.

슈욱.

사내의 오른발이 그와 동시에 진혁을 향해서 날아왔다.

그러나 그의 발이 진혁의 복부에 닿기도 전에 그의 몸은 일순 허공에 뜬다싶더니 바닥으로 내동댕이쳐졌다.

스윽.

아악. 아아아악.

용문신의 사내는 자신도 모르게 비명을 질러댔다.

진혁이 아무도 눈치 채지 못하게 1서클의 어택방법을 사용하여 그의 몸을 허공에 살짝 띄운 것이었다.

물론 남들이 보면 진혁의 손이 섬광처럼 사내의 다리를 붙잡고 비틀어서 한 바퀴 도는 것처럼 보였다.

진혁이 성인들 정도의 힘과 기술을 가지고 있었기 때문에 가능한 기술이었다.

"네놈도 바닥에 떨어진 고통을 똑같이 느껴야 하지 않겠어?"

진혁은 여전히 바닥에 내동댕이 쳐져있는 키 작은 사내를 향하여 냉소를 날렸다.

그리곤 두 동생의 부축을 받고 서있는 장혜자를 쳐다보았다.

'다행히 큰 상처는 아니군.'

어머니 장혜자의 비틀거리는 모습을 보자 진혁은 더욱 열이 뻗혔다.

진혁뿐만 아니었다.

은회색의 양복을 입은 사내 역시 얼굴이 벌레씹은듯한 표정으로 변해있었다.

이제 겨우 16살밖에 안되어 보이는 아이에게 자신의 부하가 당했기 때문이었다.

그것도 그의 가장 장기라고 할 수 있는 오른발 공격이 먹히지 않았다.

진혁은 몰랐지만 용문신을 한 사내의 특기는 바로 섬광처럼 빠른 오른발의 공격이었다.

"제가 저 애송이를 처리하죠."

다른 사내가 한발 나서서 진혁의 앞에 섰다.

"흐음, 이제 2인자께서 나오시는 건가? 아예 1인자가 나오시는 게 낫지 않을까?"

진혁은 비꼬았다.

"네놈이 어쩌다 운이 좋았는지 몰라도 이제 그 운은 다 했다."

사내는 공격 자세를 갖추지도 않은 상태로 그대로 오른 팔을 뻗어 진혁의 목을 휘감았다.

그야말로 섬광처럼 빠른 속도였다.

게다가 사내의 팔은 일반인들보다 매우 길었다.

'빠르다.'

진혁은 속으로 감탄했다.

사내의 오른팔 공격은 빠르기만 한 것은 아니었다.

진혁의 목을 휘감고는 강한 힘으로 짓누르고 있었다.

아직 한참 클 나이인 진혁이 190cm에 달하는 사내가 내리누르는 힘을 당해낼 수는 없었다.

하지만 그것은 그렇게 보일 뿐이었다.

진혁은 이미 온몸에 분산해두었던 신체강화마법을 자신의 목쪽과 오른쪽 팔꿈치 쪽으로 집중시켰다.

'급소를 노리자.'

진혁은 있는 힘을 다해서 팔꿈치로 사내의 명치를 가격했다.

쿠욱.

커억.

진혁을 제압했다고 생각했던 사내가 순식간에 당한 기

습공격으로 숨조차 제대로 쉬지못하고 비틀거렸다.

"이… 이게?"

임정재박사마저 입을 딱 벌리고 감탄했다.

자신이 이들과 함께 왔다는 사실마저 잊어버린 채 말이었다.

은회색의 양복을 입은 사내가 눈살을 찌푸린 것은 당연했다.

두 명의 부하가 순식간에 어린소년에게 기습을 당했다.

"덤비실 겁니까?"

진혁은 비꼬듯이 은회색의 양복을 입은 자에게 말했다.

"꼬마가 순발력이 좋군."

"말장난 그만하고 덤비시던지 아니면 부하들 데리고 그만 나가시죠."

진혁은 일부러 소리에 오더보이스라는 마법을 실었다.

오더보이스 마법은 목소리에 힘을 실어 상대방을 조종하는 마법이었다.

다만, 그 마법을 시현하는 마법사의 서클 수에 따라서 효과가 천차만별 다르다.

또한 상대방의 의지가 어느 정도냐에 따라서도 그 효과가 다르기도 한 마법이었다.

진혁으로선 이정도의 마법력으로 은회색의 양복을 입은 자가 조종당할 거라는 것은 기대하지 않았다.

임정재박사를 노리고 한 말이었다.

거실이라는 좁은 공간에, 심약한 성격인 임정재박사라면 충분히 마법이 먹힐 가능성이 있었다.

아니나 다를까.

임정재박사의 낯빛이 새하얘지고 있었다.

"저희 집은 안기부 요원들이 감시하고 있다는 것을 아시죠?"

진혁이 임정재박사를 보면서 말했다.

피식.

임정재박사의 뒤에 서있던 은회색의 양복을 입은 자가 진혁의 말을 듣더니 되레 비웃었다.

'안기부 요원들에게 손을 써놨군.'

진혁은 안기부 요원들이 이런 소란에도 올라오지 않았는지 대략 이해가 되었다.

그는 오더보이스 마법에 자신의 마나를 더욱 실었다.

"경찰에 신고할 겁니다. 밑에 있는 안기부 요원들을 뭐라고 꼬드겼는지는 몰라도 경찰이 온다면 그들도 어쩔 수 없겠죠?"

진혁의 입에서 경찰이란 단어가 나오자 임정재박사는 사색이 되었다. 거기에 오더보이스 마법의 위력이 발휘되고 있었다.

사실 그들은 합벽적인 명령이나 방식으로 진명이를 데

리러 온 것은 아니었다.

국가에서 운영하는 한국영재원에서 내린 판단이라기보다는 그들 조직의 명령이었다.

물론 서류조작쯤은 임정재박사의 힘으로 충분했다.

하지만 경찰까지 개입되고 나면 한국영재원에서도 임정재박사의 이번 일이나 그간 일들을 다시 한 번 조사할 것이 뻔했다.

그렇게 되면 박사로서 여지까지 쌓은 명성이 무너지는 것은 안 봐도 훤한 일이었다.

특히 이번일은 임정재박사 자신보다는 최성현이 더 깊숙이 관련되어있었다.

임정재박사는 자신이 저지른 일이 아닌 일을 가지고 자신이 대가를 치르기는 싫었다.

"무력을 행사해서 아이를 데려간다라…?"

진혁은 비꼬는 듯한 얼굴로 임정재박사 앞으로 바짝 다가섰다.

그리곤 박사의 얼굴에 자신의 얼굴을 바짝 댔다.

화악.

진혁의 숨소리마저 임정재박사를 오그라들게 만들었다.

'이런 애가 중학생이라니…….'

그는 겁에 질린 표정으로 진혁을 쳐다보았다.

"박사님이 누구명령을 받고 오셨는지 모르지만 이런 식

으로 진명이를 데려가려고 한다면 저희도 가만있지 않을 겁니다. 아시죠? 전화한통이면 신문사에서도 기자들을 보내올 겁니다."

임정재박사는 진혁의 말이 사실이라는 것도 알고 있었다.

자유민주주의 국가에선 가족이 원하지 않는데 아이를 강제로 데려가는 법은 없었다.

아무리 국가에서 특별 보호될 천재라고 해도 말이었다.

당연히 이번 소동은 기자들의 호기심을 자극할 것이었다.

임정재박사는 입술을 부르르 떨었다.

그의 생각대로 일이 전개되지 않고 있었다.

자칫하면 자신의 생명력도 끝나는 상황에 직면할지도 몰랐다.

그리고 눈앞의 소년은 도저히 16살이라고 믿기지 않을 정도로 강력한 카리스마가 말속에 서려있었다.

'내가 너무 이집 식구들을 우습게 봤구나.'

임정재박사는 자신의 실수를 깨달았다.

게다가 이일은 쉽게 무마되기 어려웠다.

오늘 이렇게 한차례 진혁의 집에서 소동이 났기 때문이었다.

또다시 진명이를 강제로 데려간다면 큰 탈이 날것이 뻔했다.

더구나 상부에서는 최대한 조용히 진명이를 데려오라고 명령을 내렸다. 그런데 지금은 조용히는 고사하고 아이를 데려가지도 못하는 상황이 돼 버렸다.

게다가 진혁과 사내들 사이에서 한차례 벌어진 사태만으로도 질타를 받을 게 뻔했다.

임정재박사는 원망스러운 눈초리로 같이 온 사내들을 쳐다보았다.

벌써 두 명의 사내가 내동댕이 쳐져있었다.

물론 저 3명의 산내중 1인자가 덤비면 진혁을 제압할 가능성이 더 높았다.

하지만 그조차 아니라면?

임정재박사는 몸을 부르르 떨었다.

아무리 봐도 1인자라는 은회색의 양복을 입은 사내마저 미덥지가 않았다.

진혁이 시현한 오더보이스 마법 덕에 임정재박사는 같이 온 사내들, 심지어 자신을 보낸 최성현까지 원망스럽기 그지없었다.

그런 그에게 결론은 하나였다.

굳이 계속 더 큰 소동을 일으킬 필요가 없었다.

"다… 다시는 안 오마."

임정재박사는 결심한 듯이 말했다.

"그거야 당연히 그렇죠. 이제는 저 사내들에게 우리어

머니에게 사과하라고 해야 하지 않나요?" 진혁은 팔짱을 끼고 턱으로 바닥에 내동댕이 쳐져있는 용문신을 한 사내를 가리켰다.

장혜자를 밀친 사내였다.

임정재박사는 은회색양복을 입은 자의 눈치를 보았다.

"저기… 그만 조용히 갑시다. 사과한마디 해주고."

"뭐라고?"

그때까지 상황을 지켜보면 은회색의 양복을 입은 자의 눈썹이 파르르 떨렸다.

부하 둘이 당했다.

그것만으로도 열 받을 지경인데 이젠 사과까지 하라고?

"좋게 끝냅시다."

임정재박사는 아예 애원하다시피 은회색양복을 입은 자의 팔을 잡았다.

"어서 하시죠. 안 그러면 지금 전화합니다."

진혁은 손을 뻗어 수화기를 집어 드는 척 했다.

"날 봐서라도 부탁하오."

임정재박사는 바닥에서 몸을 일으키고 있는 용문신 사내를 쳐다보았다.

은회색양복을 입은 자는 여전히 기분 나쁜 표정을 지었다.

하지만 그래도 이성을 아주 잃은 것은 아니었다.

상황이 어떻게 돌아가는 지 그도 잘 알고 있었다.

오늘 그들이 무력을 행사하려고 온 것은 아니었다.

만약을 대비해서 겁만 주려고 했을 뿐이었다.

이정도의 소란이 일거라고는 생각하지 못했다.

사전에 조사한 바로는 이들은 너무나 평범한 사람들이었다.

특히, 눈앞의 소년은 겨우 16살, 중3 소년이었다.

특별히 어떤 무술도 익혔다는 보고가 없었다.

이 이상의 소란은 그의 입장도 곤란하기는 마찬가지였다.

그는 마지못해 임정재박사의 말에 동조하는 척하면서

용문신의 사내에게 눈짓을 했다.

사내의 신호를 받은 용문신의 사내는 고개를 떨어뜨렸다.

그리고 결심한 듯한 표정으로 진혁과 장혜자 앞으로 다가왔다.

그의 몸은 제대로 걷기조차 힘들었다.

공중에서 바닥으로 나가떨어지는데도 강한 힘이 그를 짓눌었다.

그 바람에 갈비뼈가 나간 것 같았다.

그는 힘들게 두 모자 앞에 다가왔다.

사내는 안 나오는 목소리를 억지로 끄집어내 사과를 했다.

"미… 미안하다."

"잘 안 들리는군."

진혁이 비웃듯이 말했다.

용문신을 한 사내의 얼굴이 일그러졌다.

이런 꼬마에게 당한 것도 서러운데 이렇게 조롱까지 당하다니.

그는 은회색의 양복을 입은 사내를 쳐다보았다.

하지만 사내는 단호했다.

어차피 빨리 이집에서 벗어나기로 결정한 이상 소소한 자존심 따위는 아무것도 아니었다.

용문신을 한 사내는 상황이 자신의 편이 아니란 것을 깨닫자 고개를 떨구었다.

그리고 아까보다 좀 더 큰 목소리로 사과를 했다.

"미… 미안… 아니 죄송합니다."

용문신을 한 사내의 입장에서는 치욕도 이런 치욕이 없었다.

"……."

진혁의 마음 같아선 이자들을 더 두들겨 패주고 싶었다. 하지만 이정도 선이 현재로서 딱 좋다는 것을 알았다.

한 대의 매보다는 자존심을 긁어대는 것이 때로는 더 큰 위력을 발휘할 것이었다.

'분명 이자는 이대로 나를 내버려두지 않을 것이다.'

이것이 진혁이 노린 이유였다.

그래서 억지로 사과까지 운운했던 것이었다.

이들에게서 좀 더 정보를 뺄 필요가 있었기 때문이었다.

진혁으로서 이자들이 개인적으로 자신에게 복수하러 오기를 바랐다.

"그만 나가보세요."

장혜자가 손을 들어 허공에서 손짓을 했다.

"여사님, 저기… 화요일에 세미나에서 제발…."

임정재박사는 그 와중에도 장혜자에게 고개 숙여 부탁을 하고 있었다.

"댁같은 사람들이 있는 세미나 따위는 이제는 안가요.

장혜자는 앙칼지게 대답했다.

"……."

임정재박사는 무안했는지 얼굴을 붉히면서 서둘러 현관문을 빠져나갔다.

그 뒤로 은회색의 양복을 입은 자와 두 사내가 따라 나갔다.

물론 용문신을 한 사내가 진혁을 째려보면서 한마디 했다.

"이것이 끝이라고 생각하지 마라."

"나도 기대할게."

진혁은 일부러 반말을 사용해서 용문신 사내를 더욱 자극했다.

용문신 사내는 그 말에 더욱 씩씩거리면서도 어쩔 수 없이 현관문을 나섰다.

"와아! 만세!"

소희가 환호성을 질렀다.

"형 멋있었어."

진명이 역시 진혁을 향해 존경어린 시선을 듬뿍 담아 쳐
다보았다.

"아들아……."

어머니마저 감격스러운 표정을 지었다.

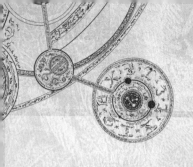

Return of the Meister

NEO MODERN FANTASY STORY

6. 이제부터 시작이다

6. 이제부터 시작이다

Return of the Meister

그 다음날 아침 10시쯤 김호진 교수 내외가 찾아 왔다.

진혁도 무척이나 반겼다.

과거 그의 가족을 보살펴준이들은 김호진 교수 부부가
유일했다.

친인척들도 외면한 그들을 챙겨준 유일한 이들이었다.

"오셨어요."

진혁도 밝은 목소리로 거실로 들어서는 김 교수 내외를
반겼다.

"녀석, 잘 지냈냐?"

김호진 교수는 다정하게 말을 건넸다.

"다들 힘들지?"

161

그는 진혁의 등을 다독였다.

그리곤 진명이와 소희의 머리도 쓰다듬어주었다.

장혜자는 빙그레 웃으면서 그 모습을 지켜보았다.

"으흠."

김호진 교수가 갑자기 헛기침을 했다.

"물 한잔 드릴까요?"

김호진 교수의 부인이 재빠르게 말을 건넸다.

끄덕끄덕.

그러자 김 교수의 부인이 식당 쪽으로 움직였다.

"어머, 내 정신좀봐. 손님들에게 차 한 잔 안내왔네."

장혜자도 무안한 표정을 지으면서 주방 쪽으로 향했다.

거실에는 김 교수와 아이들 셋이 나란히 식탁을 앞에 두고 서로 마주보고 앉았다.

잠깐의 정적이 흘렀지만 이내 김 교수의 입이 떼어졌다.

"아버지 마지막 모습은 어땠니?"

김 교수는 조심스럽게 진혁을 향해서 질문을 했다.

"마지막 모습 말입니까?"

진혁은 의아한 표정을 지었다.

일순 김 교수의 표정에 당황한 빛이 떠올랐다.

"아니, 내말은 아버지가 건강하셨냐고. 늘 연구 때문에 건강을 해치셔서 걱정이 되어서 그런다."

"아."

그제서야 진혁은 이해가 간다는 듯이 고개를 끄덕였다.

하지만 진혁은 김호진의 그런 모습이 낯설게 느껴졌다.

하지만 김호진 교수가 이들에게 어떤 사람이었던가.

어머니 장혜자가 정신병원에 있을 때 유일하게 아내와 번갈아 집을 방문해서 자신과 소희를 보살펴주지 않았던가.

진혁은 불길한 느낌을 애써 억눌렀다.

확실한 건 지금 김호진이 자신을 계속 떠본다는 것만은 알겠다.

'적이건 아군이건 내 상황을 절대 들켜서는 안 돼.'

진혁은 그렇게 판단을 했다.

아버지 최한필교수가 신신당부한 것을 떠올렸다.

'힘을 완전히 되찾을 때까지 평범하게 살라고 하셨지.'

진혁은 일단 16살 소년답게 김 교수 앞에서 행동하기로 했다.

"그래, 아버지가 별말씀은 없으셨고?"

"제가 불효막심하게도 아버지를 보고도 제방으로 들어갔습니다."

진혁은 일부러 고개를 떨구는 척 했다.

과거 진혁을 생각하면 충분히 납득할 만한 대답이었다.

"그렇구나. 네 탓이 아니다."

김호진 교수도 반항만 하고 가족들과 왠수지듯이 살던 진혁을 이미 익히 알고 있었다.

아버지가 최한필교수가 떠난 후 갑작스렇게 철이 들어 자신에게 존댓말까지 사용하는 진혁이라고 해도 말이었다.

그때는 충분히 그럴 수 있을 것이라는 생각에 고개를 끄덕이면서 오히려 진혁을 위로했다.

그는 손을 뻗어 진혁의 등을 쓰다듬었다.

'제길, 또…'

진혁의 입장에서 어른들이 자신을 어루만지는 것은 그다지 기분이 좋지 않았다.

너무 귀엽게 생긴 이미지가 문제였다.

문득, 진혁은 자신의 등에서 김호진 교수 손이 미약하게나마 떨리고 있다는 것을 깨달았다.

무엇인지 모르지만 김호진 교수 몹시 초조한 상황에 시달리고 있음을 알수가 있었다.

그의 손에서 나오는 기운이 파르륵 떨리고 있었으니깐.

사실 마스터급만 되어도 자신이나 타인의 기운정도는 대충 파악할 수 있었다.

"괜찮으십니까?"

진혁은 김호진 교수를 쳐다보았다.

"내게는 너의 아버지가 평생의 동반자였다."

김호진 교수 목소리가 살짝 떨려왔다.

'하긴, 대학다닐때부터 함께하셨다고 했지.'

진혁은 그제서야 김호진의 태도가 납득이 갔다.

게다가 아버지와 가장 친하셨던 분이니 주위로부터 많은 의심을 살 수밖에 없는 상황일 수도 있었다.

진혁은 김호진 교수에게 연민 감마저 느꼈다.

어쨌거나 제일 자신에게 살갑게 대해준 사람이기 때문이었다.

"제가 도움이 되지못해서 죄송합니다."

"아니다, 네가 지금 이렇게 기특하게 있는 것만으로도 고맙구나."

김호진교수는 고개를 끄덕이면서 또 진혁의 등을 어루만졌다.

'아오!'

진혁은 얼굴을 찌푸렸다.

그런 진혁의 마음을 아는지 모르는지 김호진교수의 정신은 엉뚱한데 가있었다. 그는 지금 절박한 상황에 직면해 있었다.

어떻게서든지 진혁을 통해서 뭔가 알아내야 하는데 아무것도 알아낸게 없었다.

안기부 요원들의 비밀신분이 들통난 것은 둘째치고 자진월북의 방향이 납치쪽으로 움직이고 있었다.

최한필교수에게 뒤집어씌우려던 일들이 엉뚱한 방향으로 가고 있는 것이었다.

자칫하면 자신이 그 댓가를 치러야할지 모르기 때문이었다. 김호진은 정신을 차리고는 다시 진혁을 쳐다보았다.

"요원들의 몽타주도 네가 알려줬다면서? 정말 네가 대견하구나."

김호진은 억지로 미소를 띄웠다.

"요즘 게임중에 방금본거 터치하는 게임을 하고 있었습니다. 덕분에 기억력이 월등히 좋아진 것 같습니다."

진혁은 별거아니란 식으로 대답했다.

"기특하구나 정말."

김호진교수는 말은 그리하면서도 내심 초조해져갔다. 눈앞의 소년 진혁은 그가 알던 얼마전의 아이가 아니였다.

갑작스럽게 달라진 말투때문인지 모르겠지만 무언가 거스리지 못하는 강한 힘이 느껴졌다.

예전처럼 쉽게 자신이 컨트롤할 수없을 지도 모른다는 생각이 뇌리를 스쳐 지나갔다.

김호진교수는 자신도 모르게 손을 들어 진혁의 머리를 쓰다듬으려고 뻗쳤다.

"감사합니다. 아저씨에게 칭찬받으니 기분이 좋습니다."

진혁은 정중하게 대답하면서 머리를 살짝 비틀었다.

그바람에 김호진교수의 손은 허공을 휘젓는 꼴이 되었다.

순간 김호진교수는 무안한듯한 표정을 지어보이더니 이내 웃음을 터트렸다.

"하하하. 녀석, 다 컸구나."

"죄송합니다."

"아니다, 16살이나 되었는데 애취급한 내가 잘못이지."

김호진교수는 기분좋게 말했다.

진혁은 그런 김호진교수에게 호의감을 느꼈다.

과거 항상 자신들의 가족들 돌보아준 사람이라서 그런걸까.

김호진교수에게서 느껴지는 알 수 없는 의심이 진혁의 뇌리에 경종을 울리긴 했지만 크게 신경쓰고싶지 않았다.

"그래 그래, 그런데 어젯밤에 진명이를 데리러 사람들이 왔다면서?"

김호진이 진명이와 소희를 한번 쓰윽 쳐다보고는 다시 질문을 했다.

"어떻게 아셨습니까?"

진혁이 의아하게 쳐다보았다.

"네 엄마가 전화했더구나."

김호진은 주방쪽에서 차와 과일을 준비하고 있는 장혜자를 쳐다보았다.

'하긴, 어머니 입장에서는 김호진아저씨만큼 도와달라고 믿고 의지할 사람이 없지.'

진혁은 크게 고개를 끄덕였다.

"아저씨, 저희 많이 도와주십시오."

진혁은 한숨을 크게 쉬면서 김호진에게 말했다.

"그래그래, 나도 힘닿는 데까지 도와주마. 그런데 어떻게 그 사람들을 네가 처치했니?"

김호진은 인자한 미소를 띠고는 재차 질문을 했다.

"있잖아요, 우리 오빠가…."

소희가 큰소리로 신나서 대답을 하려고 했다.

"우리 오빠가?"

김호진은 재차 소희를 다그쳤다.

"아, 우리 오빠가요. 운이 진짜 진짜 좋았어요. 그 사람들 바보 같아요."

"내가 운이 좋았지."

진혁도 맞장구를 쳤다.

"크큭, 너무 웃겼어. 그 사람들이 오빠한테 한 대 딱 맞았는데 넘어졌어요."

"그게 급소라는 거야."

소희의 앞뒤 없는 설명에 진명이 옆에서 말을 붙였다.

"어쨌건 형이 정말 운이 좋았어. 한 대 친 것뿐인데 그게 급소라니."

"그러게 말이다. 난 좀 더 싸우고 싶었는데."

진혁은 마치 개선장군 같은 표정을 지으면서 두주먹을

쥐고 어퍼컷 자세를 취했다.

"우리 오빠가 짱이에요."

소희의 밑도 끝도 없는 말이 끝났다.

진혁은 속으로 피식 웃을 수밖에 없었다.

어떻게 보면 소희 덕분에 어제의 일이 대충 아이답게 얼버무려진 것이었다.

이번에도 김호진이 아이들에게 건진 것이 없었다.

그가 보기엔 딱히 진혁이 뛰어날 것이 없었다.

아니 오랫동안 이 집안 식구들을 알고 지냈지만 진혁은 평범하기 짝이 없는 아이였다.

진명이라면 몰라도 말이었다.

하지만 진명도 제 애비를 닮아 몸은 허약체질이었다.

그가 생각하기에도 진혁이 혼자서 무술유단자들을 셋이나 상대했다는 것은 이미 말이 되지 않았다.

'운이었나.'

김호진은 고개를 갸웃거렸다.

"근데 아저씨, 왜 북한에서 우리 아버지를 납치해갔을지 아십니까?"

갑작스런 진혁의 질문에 김호진 교수 헛기침을 먼저 했다.

"으흠, 그게 말이지. 너희 아버지께서 갖고 계신 능력이 매우 뛰어나서 그걸 탐내는 거야."

"그럼 우리 아버지의 신변은 안전합니까?"

진혁은 가장 궁금한 것을 질문했다.

"그렇지, 그쪽에서는 아버지의 협조가 중요한 상황이니깐. 자칫 국제적인 분쟁이 일수도 있는데 너희 아버지에게 함부로 행동을 하지는 못할 거야."

김호진은 말은 사실이었다.

어떤 경위든지 북한은 최한필교수에게 어떤 해코지도 가하지는 못할 것이었다.

진혁도 익히 알고는 있었지만 김호진에게 그 사실을 확인하니 마음이 놓이긴 했다.

어쨌거나 김호진이 어떤 상황이든지 아버지의 일에 연루될 수밖에는 없었다.

진혁은 김호진이 친절한 아저씨 역할을 하면서도 다리를 계속 떨고 있는 것을 내내 관찰했다.

그가 심한 압박을 받고있다는 증거였다.

'제발 아저씨, 아저씨마저 가짜였다고는 하지 마십시오.'

진혁은 쓸쓸한 미소를 지으면서 김호진을 쳐다보았다.

과거 그때, 가장 믿고 의지했던 사람이 김호진 교수였으니깐.

그 후 열흘이란 시간이 훌쩍 지나갔다.

김호진 교수 아내만 간간이 전화상으로 장혜자에게 안부만 물어왔다.

굳이 그녀가 진혁이네 와서 아이들을 돌볼 필요가 없었기 때문이었다.

확실히 이런 면에서 과거가 바뀐 셈이었다.

그만큼 진혁이 자신의 가족을 건재 시킨 증거이기도 했다.

그동안 이사 준비는 거의 진혁의 몫이었다.

사실 이사라는 것을 해본 적이 없는 어머니 장혜자 때문이기도 했다.

게다가 장혜자는 쓰리스타이신 외할버지가 군단장으로 계신 양주부대로 자주 불러가셨다.

외할버지 입장에서도 아버지의 행방을 크게 신경 쓰일 수밖에 없었다.

만의 하나라도 최한필 교수가 자진 월북한 것이 확인된다면 외할아버지는 옷을 벗을 수밖에 없기 때문이었다.

진혁이야 그런 외할아버지의 태도가 마음에 들지 않았다.

하지만 동생 진명이를 외할아버가 맡아 준 것만으로도 감사할 수밖에 없었다.

한국영재원 쪽에선 진명이를 데려가려던 일은 이미 무산됐다고 하지만 진혁으로선 안심이 되지 않았다.

그는 모든 최악의 변수를 염두에 두고 있었다.

안전하다고 판단되기 전까지는 마음을 놓아서는 안 된다고 생각했다.

임정재박사를 따라온 사내들은 한국영재원에서 보내온 자들이 절대 아니었기 때문이었다.

필시 역펜타그램의 상징과 관련이 있었다.

그 말은 임정재박사 역시 그 상징과 관련되었을 게 뻔했다.

따라서 진혁으로서는 진명이를 당분간 안전하게 지키는 것이 중요했다.

어머니에게 진명이를 외할아버지에게 맡기자고 자신이 건의했다.

덕분에 장혜자는 아들 진명이가 괜찮은지 확인도 할 겸해서 외할아버지가 부르시는 대로 양주부대로 가셨다.

진혁은 어머니 장혜자뿐만 아니라 모두에게 말을 아끼기로 했다.

다만 안기부 수사팀장인 박정원에게만이 유일하게 진혁은 마음이 갔다.

그는 자신의 요원들이 임정재박사의 말만 믿고 깡패 같은 사내들이 함께 올라가게 한 것에 대해서 진심으로 사과를 했다.

그뿐이 아니었다.

자신의 부하들마저 철저하게 다시 조사하겠다는 약속까지 했다.

진혁은 박정원에게 오각성, 역펜타그램에 대해서는 일단 함구하기로 했다.

그것을 진혁이 보았다는 자체가 이미 자신의 비밀에 대해서 드러내 보이는 것과 같았기 때문이었다.

그에게 마음이 가는 것과 그를 어디까지 믿어야 하는지 별개였기 때문이었다.

'북한이라.'

진혁은 어느새 박정원이 자신에게 해준 이야기를 다시 한 번 떠올렸다.

아버지를 갔던 두 사람이 북한에서 모습을 나타냈다는 정보였다.

그런 만큼 아버지가 북한으로 납치되었을 가능성이 더욱 확실해졌다는 것이다.

사실 이런 정보도 외부인에게 기밀이었다.

안기부 요원 둘이 북한에게 넘어갔다는 사실은 안기부 자체의 생명력조차 의심을 받기 딱 좋았기 때문이었다.

더구나 현재 정치권에서 대통령 말기로 인한 레임덕이 심한 상태였다.

어디 그뿐인가.

국가 총체적인 난이 눈앞에 벌어지고 있었다.

만약 이런 일이 외부로 알려진다면 안기부는 정부의 비호를 절대 받지 못하게 된다.

그만큼 정부의 힘이 급속도로 약해졌기 때문이었다.

그런데도 불구하고 박정원은 진혁에게 알려주었다.

그는 진혁이 절대로 다른 사람들에게는 말하지 않을 거라는 확신을 갖고 있었다.

아직 소년에 불과한 진혁을, 서로가 실제로 만난지 얼마도 되지 않았는데도 불구하고 말이었다.

그 이유나 그 까닭은 딱히 없었다.

굳이 꼽으라면 진혁에게서 느껴지는 분위기 때문이라고 할까?

어쨌건 박정원이 살아온 세월의 무게감이 이 소년을 믿으라고 알려오고 있었다.

진혁 역시 당연히 박정원에게 들은 소식을 어머니에게나 외할아버지에게 일절 말하지 않았다.

어쨌건 자기 앞가림에 급급한 외할아버지보단 박정원의 신뢰를 지키는 것이 더욱 중요했기 때문이었다.

진혁은 똑똑히 기억하고 있었다.

아버지가 월북했다는 사실 때문에 군복을 벗게 된 외할아버지가 어머니와 자신들에게 불같이 화내고 그이후로 단절을 하셨다는 사실을 말이었다.

남편과 아들을 빼앗기고 미쳐서 정신병원에 딸이 있을

때에도 면회한번 가보지 않은 외할아버지였다.

그것뿐인가.

고생이라곤 한번도 안한 딸이 자식 둘과 함께 옥탑 방에서 살 때에도 쳐다보지도 않았다.

심지어 외할머니조차 가지 못하게 했었다.

오로지 자신의 명예만이 중요한 외할아버지였다.

그런 외할아버지에 대한 기억때문인지 진혁은 지금 외할아버지의 태도가 좋아보이지는 않았다.

박정원으로부터 들은 정보를 알려준다면 좋아라. 하시겠지만 틀림없이 자신의 지위를 유지하는데 정보를 발설할 것이 자명했다.

'반드시 아버지를 되찾아오겠다.'

진혁은 거실에 붙어있는 대한민국 지도를 노려보았다.

아버지가 사라진 그날 이후로 거실 한쪽벽면에 커다랗게 대한민국 지도 브로마이드를 붙여놓았었다.

아버지를 잊지 않기 위해서.

그리고 반드시 구출하겠다는 진혁의 의지가 담겨있었다.

진혁은 이사 준비를 마치면서 아쉬운 듯 마지막으로 브로마이드를 떼면서 상자 속에 넣었다.

"오빠, 준비다 됐어?"

어느새 소희가 양손가득 짐을 들고 거실로 나왔다.

"그래, 이삿짐센터에서 차가 곧 올 거야."

"우리가 이 많은걸 다 옮길 수가 있어?"

소희가 거실가득 놓여있는 살림살이를 보면서 혀를 내둘렀다.

"넌 그냥 가만히 있으면 돼."

진혁은 사실 이삿짐차 한 대와 사다리차를 부른 것만으로도 돈이 아까워 미칠 지경이었다.

그렇다고 대놓고 마법을 사용하여 이삿짐을 옮길 수는 없었다. 사람들의 이목을 무시할 수는 없었기 때문이었다.

'쩝. 사다리차까지.'

그의 집이 13층에 위치하고 있었기 때문에 어쩔 수 없었다.

이삿짐센터에서야 당연한 요구였다.

지금 진혁으로선 돈 한 푼도 쓰는 것이 너무나 아까웠다.

'최대한 현금을 모아놔야 하는데 말이지.'

이런 진혁의 달라진 태도로 인하여 가족들은 스크루지 할아버지라고 놀리기 까지 했다.

사실 진혁의 육체야 어린 16살이지만 그 안에 백 살도 더된 할아버지가 들어있으니 맞는 말이기도 했다.

딩동.

"문 열려있어여~."

소희가 큰소리로 현관 문 쪽을 향해서 말했다.

그러자 이삿짐센터의 일꾼인 최 씨가 현관문을 밀고 안으로 들어왔다.

최 씨는 거실에 달랑 아이 둘이 서있는 것을 보고 황당해했다.

"저기 어른들 없으시니?"

"어머니는 아파트관리실에 가셨어요. 곧 오실 거에요."

소희가 밝은 목소리로 대답했다.

"아니 그게 아니라."

최 씨는 살짝 당황해서 말을 잇지 못했다.

그리곤 거실을 두리번거렸다.

상식적으로 이삿날 어른들이 보이지 않는 것이 이해가 되지 않았다.

지금 그가 찾는 것은 힘을 쓸 수 있는 사내들이였다.

포장이사도 아니고 일반이사인 이상 짐을 나르는 것 역시 이삿짐센터 인부들의 다할 몫이 아니었다.

물론 인부 한명은 기본적으로 일반이사에 딸려오긴 했다.

하지만 이런 큰 아파트에서 짐을 옮기려면 최소한 3명 정도의 성인은 자신 말고도 더 필요했다.

일당 5만원 받고 이 많은 짐을 다 옮긴다는 것은 말도 안 된다.

아니, 남자 혼자서 냉장고니 장롱을 어떻게 옮길 수 있겠는가!

최 씨의 얼굴이 급격히 어두워졌다.

"걱정 마십시오. 제가 돕겠습니다."

진혁이 미소를 지었다.

"말도 안 돼."

인부가 눈살을 찌푸렸다.

아이들이 장난치고 있다고 생각했다.

곧있으면 어른들이 당도하리라.

그가 생각하는 장정들 말이었다.

"언제 오시니?"

그는 재차 아이들을 다그쳤다.

아파트 밑에 차 두 대가 이삿짐이 내려오기를 기다리고 있기 때문이었다.

그가 거실 베란다쪽에 있는 문을 열면 사다리도 올라올 것이다.

이 모든 걸 하기 위해서는 최 씨 말고도 장정들이 더 필요했다.

최 씨는 한시 빨리 이사를 마무리하고 오늘저녁 소주한 잔하고 싶어서 이미 안달이 나있었다.

그런데 아직까지 이사를 도울 장정들조차 나타나지 않다니 슬슬 짜증마저 일었다.

"다른 사람들은 없습니다. 저만 있으면 충분합니다." 진혁이 알 수 없는 미소를 지었다.

최 씨는 그게 장난이라고만 여겼다.

"농담은 그만하고 얼른 어른들 오시라고 해라."

"보십시오."

진혁은 성큼성큼 주방 쪽으로 걸어 들어갔다.

최 씨는 의아한 표정을 지으면서 쳐다보았다.

그다음순간 그의 얼굴에선 경악의 빛이 떠올랐다.

진혁이 주방에 있는 대형냉장고를 번쩍 들었기 때문이었다.

이 바닥에서 오랜 이삿짐센터 일을 했던 사람들조차 혼자서는 절대로 들 수 없는 것이 대형냉장고였다.

아니 두세 사람이 달려들어 엉금엉금 옮기는 것이 바로 이 물건이었다.

그런데 기껏해야 중고등학생으로밖에 보이지 않는 애가 냉장고를 번쩍 들었다.

천하장사 감이었다.

"이… 이걸."

"이제 믿으시겠습니까?"

진혁은 말을 그리하면서 냉장고를 들은 채로 거실베란다로 향했다.

그리고 사뿐히 냉장고를 내려놓았다.

"아니. 혼자서 그 큰 냉장고를 쉽게 옮긴단 말이니?"

최 씨는 여전히 혀를 내둘렀다.

이사에 잔뼈가 굵은 그조차 엄두를 내지 못하는 일을 아이가 했다는 것이 믿기지 않았다.

아무리 천하장사라고 해도 지금 눈앞의 소년처럼 대형 냉장고를 번쩍 들 수는 없을 것이라고 생각했다.

"그만 감탄하시고 사다리 올라오라고 전해주십시오."

진혁은 입을 딱 벌리고 서있는 최 씨에게 말을 걸었다.

"그… 그래."

"아저씨께서도 밑에 내려가 이삿짐을 기다려주십시오. 여긴 제가 다 맡겠습니다."

끄덕끄덕.

최 씨는 무언가 마법에 걸린 것처럼 고개를 끄덕였다.

그는 후다닥 아래로 내려갔다.

'내가 너무 힘을 과시했나?'

진혁이 피식 웃었다.

사실 이정도도 그에겐 아무것도 아니기 때문이었다.

"우와! 오빠."

거실에서 이 광경을 지켜보던 소희마저 최 씨가 사라지자 감탄사를 연발했다.

그녀역시 그저 이모든 일이 경이롭기까지 했다.

물론 얼마 전 힘쓰는 자들을 상대로 싸운 적은 있지만

그땐 순발력이 좋아서 급소를 쳐서 상대방을 제압했는지 알았었다.

순전히 운도 작용했다고 소희는 내심 생각하고 있었다.

그런데 오늘 오빠를 보니 그때의 싸움에서 이긴 것이 절대 운이나 단순 순발력 문제가 아님을 깨달았다.

'도대체 우리 오빠 맞아?'

소희는 감탄하면서도 급작스럽게 달라진 오빠에 대해서 어리둥절함마저 느꼈다.

그러고 보니 오빠의 모습이 불과 얼마전까지와는 많이 달라졌다는 것을 깨달았다.

얼마 전까지 소희와 진혁은 거의 키가 비등비등할 정도였었다.

남들보다 빠른 성장을 보이던 소희는 이미 초등학교 4학년 때쯤 160cm를 넘고 있었다.

그에 반해 진혁은 중학생임에도 불구하고 165cm 간신히 넘고 있었다.

게다가 몸매마저 삐쩍 말라웠다.

그런데 오늘 본 오빠 진혁은 자신보다 키가 훌쩍 컸다.

적어도 170cm는 넘을 것 같았다.

더구나 몸은 제법 불어서 근육이 알맞게 잘 잡혀있었다.

아직 어린 소희가 보기에도 진혁의 모습은 꽤 멋졌다.

'오빠가 그 사이에 많이 컸네.'

소희는 머리를 갸웃갸웃했다.

하긴 오빠 진혁이 달라진 것은 이뿐만이 아니지 않는가.

신체적으로 변한 것은 둘째로 치고, 지금 저 이삿짐을 나르는 괴력하며.

얼마 전 깡패들을 제압한 실력이며.

어머니 장혜자를 강하게 리드하는 발군의 카리스마하며.

에라, 모르겠다.

소희는 이런저런 복잡한 생각에 매달려있기보다 그냥 웃는 것이 더 좋다고 생각했다.

"오빠 만세다. 헤헤."

진혁은 소희를 향해서 빙그레 웃었다.

동생의 웃음은 그에게 활력을 주었다.

'눈치는 안채겠지?'

진혁은 최근 열흘 동안 열심히 마나를 모았다.

하루도 빠지지 않고 관악산 매화당을 매일 가면서 마나와 힘을 기른 까닭에 처음 지구로 되돌아왔을 때에 비해서 몸이나 힘이 부쩍이나 달라졌다.

게다가 몸은 근육들이 붙어서 단단히 보기 좋아졌다.

가족들은 매일 진혁을 보다보니 변화를 크게 느끼지는 못했지만 말이다.

진혁은 소희의 경배어린 시선을 느끼면서 집안의 이삿

짐을 순식간에 나르기 시작했다.

이사는 당연히 순조롭게 진행됐다.

진혁의 지시대로 아파트 아래서 인부들이 진혁이 내려다준 짐을 사다리차로 받아서 차안에 싣는 것까지 30분이 채 걸리지 않았다.

순전히 사다리차가 오고가는 시간이라고 봐도 무방했다.

진혁의 괴력에 인부들은 거듭 혀를 내둘렀다.

새로 이사 간 집에서도 마찬가지였다.

2층집이라 일일이 짐을 옮겨야했지만 가구나 냉장고등 큰 제품들은 전부 진혁이 날랐다.

최 씨는 그저 상자 몇 가지만 들고 나르는 흉내만 냈다.

그로서는 완전히 땡잡은 하루였다.

이렇게 이사가 두어 시간 만에 모든 게 완전히 끝났다.

"혹시 일거리가 필요하면 연락해라."

최 씨는 가기전 진혁에게 자기 명함을 주었다.

큰 아파트에서 좁은 다세대주택가로 이사 가는 진혁네를 보니 상황은 뻔히 보였다.

오랫동안 이삿짐을 나르면서 이사하는 사람들의 상황이 어떤지는 말안해도 익히 짐작하는 그였다.

최 씨가 보기엔 진혁이네가 돈으로 큰 곤란을 겪고 있을 거라는 여겼다.

지금 진혁의 실력이라면 그와 충분히 이삿짐을 나르고 다니면 꽤 큰돈을 쥘 수 있을 것이었다.

최 씨는 점점 진혁이 욕심났다.

이런 애랑 같이 이삿짐을 나르면 하루에 한번이 아니라 서너 번도 금방 이삿짐을 나를 수 있기 때문이었다.

"나중에 연락드리겠습니다."

진혁은 명함을 받아들였다.

"그래그래, 꼭 연락해라."

최 씨는 아쉬운 듯이 한 번 더 진혁을 쳐다보고는 이삿짐차에 올라탔다.

"오빠, 대단하다."

소희는 새로 이사 온 집안에 모든 물건들이 제대로 차곡차곡 놓여져있는 것을 보고 감탄했다.

어머니와 소희가 딱히 할 것이 없었다.

진혁은 어머니와 소희 손에 물조차 묻히지 못 하게했다.

청소까지도 진혁이 순식간에 다해버렸다.

사실 클리어마법을 이용하여 끝냈긴 해도 가족들 눈에는 걸레를 들고 왔다 갔다 한 진혁만이 보였다.

'후후.'

진혁은 내심 기분이 좋았다.

예전에 비하면 훨씬 작아진 집이지만 그래도 옥탑 방이 아닌 곳에 이사를 가게된 것과 가족들을 자신이 지켜내고 있다는 사실이 뿌듯했다.

물론 아버지를 아직 구하지 못한 것에 대해서는 가슴 깊숙이 쓰라림이 간혹 느껴지곤 했지만 말이다.

새집은 그전에 32평형 아파트에 비하면 매우 초라했다.

적어도 어머니나 소희입장에서는 말이었다.

실현 18평의 다세대주택이야 뻔한 구조였다.

방 3개에 화장실 1개, 그리고 골목 같은 거실과 작은 부엌. 부엌과 연결된 베란다가 전부였다.

가족들은 서로 눈치를 보았다.

게다가 방이 3개라고 하더라도 안방을 제외한 나머지 방은 그 크기가 매우 작았다.

진명이를 언제까지 외할아버지에게 맡겨둘수는 없었다.

외할아버지 성격에 계속 진명이를 데리고 있을 성격도 아니었고, 진명이가 그곳에 있어서 어머니가 끌려 다니는 상황도 진혁이로서는 편치 않았다.

진명이가 집으로 돌아온다면 작은 방이라도 하나 혼자 쓸수 있도록 내주어야 한다. 공부에 집중할 수 있는 환경을 만들어주어야 하기 때문이었다.

"내가 엄마랑 함께 잘게. 헤헤."

소희가 장혜자와 진혁의 눈치를 보더니 손을 번쩍 든다.

"괜찮겠니?"

진혁이 미안한 표정을 지었다.

"웅~뭐 어때. 이참에 엄마랑 함께 자는 것도 좋을 것 같아."

소희가 엄마를 껴안으면서 웃었다.

"그래그래, 엄마도 소희를 실컷 안고 자보자."

장혜자가 웃으면서 소희의 뺨을 어루만졌다.

"소희야, 조금만 참아. 이 오빠가 넓은 집을 장만해서 아주큰 공주방을 너에게 만들어줄게."

"우와! 말만 들어도 기분이 좋다. 오빠, 약속한 거다."

소희는 새끼손가락을 내밀었다.

"그래, 약속했다."

진혁도 새끼손가락을 내밀어 소희의 새끼손가락을 잡았다.

"신난다. 지금부턴 엄마랑 매일 매일 껴안고 자고, 나중엔 커다란 공주방도 생기고. 난 행운아네!"

소희는 매우 기쁜 표정을 지으면서 안방으로 자기의 짐을 들고 들어갔다.

그 모습을 진혁이는 진심으로 미안한 표정으로 쳐다보았다.

"에효."

소희가 안방으로 들어가자 장혜자는 한숨을 쉬셨다.

여지까지 살아오면서 이런 삶을 상상도 못해봤기 때문이었다.

집을 계약할 때만 해도 그러려니 했다.

그러나 막상 이사와보니 모든 것이 현실적으로 피부에 와 닿았다.

이런 곳에 자신과 아이들이 살아야 한다는 것이 너무나 기가 막혔다.

그녀로서는 이런 삶을 한번도 겪어본 없었으니깐 말이었다.

진혁은 묘한 기분이 들었다.

과거를 아는 그로서는 옥탑 방이 아닌 제대로 된 집을 얻은 것만으로도 기분이 좋았다.

하지만 지금의 어머니에겐 현재의 생활도 매우 낯설고 벅찬 것으로 다가오겠지.

그 기분을 아는 진혁인지라 어머니 장혜자를 위로의 말을 건넸다.

"어머니, 조금만 견디십시오. 제가 반드시 돈을 많이 벌어 예전보다 더 잘살게 만들어드리겠습니다."

"말만 들어도 든든하다."

장혜자는 아들 진혁을 대견하게 보았다.

사실 그날 아파트를 처분하지 못했더라면 어떻게 됐을까 하고 가슴을 쓸어내린 적이 한두 번이 아니었다.

비록 뉴스에선 최한필교수의 납치가능성을 다루고 있기는 해도 항간에서는 자진월북이란 소리도 나오고 있었다.

그녀도 눈이 있고 귀가 있었다.

이런 상황에서 아파트를 내놓은 다면 누가 사겠는가.

매국노의 집을 선뜻 사려고 나설 사람이 없을 것이다. 그렇게 되면 그녀의 아파트는 헐값으로 팔지 않을 수가 없게될것이 뻔했다.

"난 네가 있어 든든해."

장혜자는 아들 진혁을 향해 미소 지으면서 저녁준비를 하러 일어섰다.

진혁은 그런 어머니 장혜자의 뒷모습을 보면서 속으로 거듭 다짐을 했다.

자신이 아는 모든 지식과 마법을 총동원해서라도 반드시 부자가 되리라.

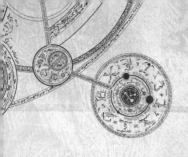

Return
of the Meister

NEO MODERN FANTASY STORY

7. 대비하라

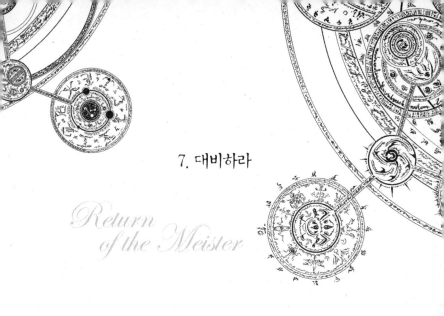

7. 대비하라

진혁은 아파트 관리실에서 받아온 편지봉투 하나를 쥐
어들고 생각에 잠겨있었다.

그는 이미 마법을 이용하여 봉투안의 내용물을 확인했
다.

'예전엔 없었던 건데…….'

진혁은 이 편지봉투가 과거엔 왜 사라졌었는지 궁금했다.

'도대체…….'

그는 과거 지구에 살았을 때, 자신이 얼마나 한심한지를
뼈저리게 느끼고 있었다.

아버지뿐만 아니라 자신의 가족들까지 능욕하는 자들의
손위에 놀아나는 것을 알았을 때의 기분이란.

"진혁아, 뭐하니?"

어머니 장혜자가 설거지를 마치고는 거실에 넋 놓고 앉아있는 그에게 말을 걸었다.

"어머니, 이거 보십시오."

진혁은 그제서야 장혜자에게 편지봉투 하나를 내밀었다.

"이게 뭐니?"

"관리실에서 아버지 앞으로 우편물이 왔다고 연락을 주셔서 제가 다녀왔습니다."

진혁은 멋쩍다는 듯이 웃었다.

"관리실에서 우리 번호는 어떻게 알고?"

"제가 미리 말씀드려놨습니다."

"네가 나보다 백번 낫다."

장혜자가 웃으면서 봉투의 겉면을 훑어보았다.

대신종합금융에서 아버지 앞으로 온 것이었다.

"이거 열어봐도 될려나 모르겠다."

"왜 그렇습니까?"

"아버지 앞이잖니."

장혜자는 한번도 남편의 앞으로 온 우편물을 열어본 적이 없었다.

심지어는 우편물 내용을 캐물어본 적도 없었다.

군인의 딸로 태어나서 그녀의 어머니에게서 배운 태도였다.

군인의 아내는 남편이 하는 일에 대해서 참견해서도 안
되고 함부로 허락 없이 보거나 캐물어서도 안되었다.

　솔직히 모든 군인이 그렇게 가부장적인 것은 아니었지
만 장혜자의 아버지는 유독 심한 편이었다.

　그런 가정에서 태어나서 자란 탓인지 그녀는 남편인 최
한필교수에게도 딱히 트집 잡거나 캐묻거나 하는 적이 전
혀 없었다.

　"아버지도 안 계시는데 저희가 처리해야할 일일지도 모
르지 않습니까?"

　진혁이 말했다.

　"하긴 그렇겠다."

　장혜자는 봉투를 뜯기 시작했다.

　편지봉투를 뜯는 그녀의 심정은 복잡해져갔다.

　정말 남편 최한필교수가 옆에 없음이 실감됐다.

　편지봉투안에는 두 장의 종이가 들어있었다.

　"어머나!"

　장혜자는 봉투안의 내용을 보고 화들짝 놀랬다.

　"혹시 예금이 있다는 안내문입니까?"

　진혁이 침착하게 물어봤다.

　"그렇구나. 그런데 이상하구나."

　장혜자는 머리를 흔들고는 진혁에게 두 장의 종이를 내
밀었다.

진혁은 두 장의 종이를 진지하게 살펴보았다.

두 장의 종이는 대신종합금융의 예금 잔고였다.

두 장 다 어머니의 이름으로 예금주가 돼 있었다.

첫 번째 종이는 큰 문제가 없어보였다.

아버지의 월급날 다음날에 소액의 돈이 입금되었던 기록이 최근 3개월 내역이 쓰여 있다.

그동안의 잔고가 약 1억쯤 되었다.

최초개설일이 5년 전인 것을 감안하면 충분히 납득할 수 있는 수준의 돈이었다.

아버지나 어머니가 워낙 알뜰하신 분이었기 때문에 교수의 수입으로 그 정도의 예금은 무난한 것이었다.

문제는 두 번째 종이였다.

뜬금없이 아버지가 납치된 며칠 후 40억이나 되는 돈이 입금된 것으로 확인되었다.

'자진월북으로 몰아가는 건가?'

진혁의 심정은 복잡해져갔다.

가뜩이나 아직까지 뉴스에서는 최한필교수의 납치문제를 자진월북도 가능성이 있다고 운을 떼곤 했기 때문이었다.

"도대체 어떻게 된 일이니?"

장혜자 역시 몹시 걱정스러운 눈치였다.

이들에게 40억이란 액수는 하늘에서 떨어진 그야말로

일확천금의 돈이 아니었다.

최한필교수의 명예가 땅에 떨어질 수도 있었기 때문이었다.

"가시지요. 어머니."

진혁은 벌떡 일어섰다.

장혜자는 군 말없이 벌떡 일어났다.

어느 사이엔가 아들 진혁이 하는 일에 믿음이 생긴 그녀였다.

두 사람은 아무런 대화도 나누지 않고 명동에 있는 대신종합금융으로 향했다.

◈

두 사람은 대신종합금융의 1층 객장의 자동문 앞에 섰다.

스르륵.

자동문이 열림과 함께 차가운 바람이 그들의 온 몸을 감쌌다. 뜨거운 햇살 아래에서 지글지글 달궈졌던 그들의 몸이 얼음장처럼 차가워지기는 단 몇 초면 충분했다.

"어서 오십시오."

안내데스크에 서있던 아르바이트생의 낭랑한 목소리가 그들을 향해 울려 퍼졌다.

대신종합금융은 우리나라 제2금융권답게 넓은 객장에 고급스러운 인테리어로 손님들의 높은 자존심을 채워주고 있었다.

제1금융권인 은행과는 달리 높은 이자와 고액의 예금을 받는 제2금융권의 주 고객층이 우리나라 중상류층 이상이 었기 때문이었다.

객장 안에는 8개의 창구가 있었다.

"저리로 모실게요."

깔끔하게 포니데일로 묶은 머리에 분홍색원피스를 입은 데스크에 있던 아르바이트생이 쪼르르 달려왔다.

두 사람은 그녀가 이끄는 대로 7번째 창구에 앉았다.

"어서 오십시오."

또 한 번 7번째 창구에 있던 남직원, 박정민이 정중하게 서서 그들을 맞이했다.

20대 중반에 핸섬한 외모를 갖고 있는 박정민은 환한 미소를 지으면서 눈앞의 두 사람을 맞이했다.

그의 미소가 워낙 매력적이어서 주부층의 고객이 많이 있었다.

'일반은행과는 확실히 다르군.'

진혁은 한번도 이런 곳을 상대한 적이 없었기 때문에 살짝 위화감을 느꼈다.

이곳은 한눈에 봐도 그들이 상대하고 있는 고객층이 어

떤 사람들인지쯤은 짐작할 수가 있었다.

아르바이트생은 두 사람을 위한 음료를 준비하기 위해서 총총 걸음으로 탕비실로 향했다.

"무슨 일이신가요?"

박정민은 자신의 앞에 앉은 장혜자와 최진혁을 쳐다보았다.

장혜자는 박정민에게 두 장의 예금증서를 내밀었다.

"이거 맞나요?"

"본인이신가요?"

박정민이 의아한 듯이 물었다.

"네, 저 맞아요."

"죄송하지만 주민등록증 확인을 하겠습니다."

장혜자는 미리 준비해간 주민등록증을 꺼내 박정민에게 내밀었다.

이 또한 진혁이 출발 전에 치밀하게 장혜자에게 챙겨놓으라고 한 것이었다.

주민등록증만 아니라 집에 있는 장혜자의 도장들까지 챙겨왔다.

박정민은 장혜자의 주민등록증과 종이를 들고 앞에 있는 컴퓨터를 이용하여 몇 가지를 확인하기 시작했다.

그사이 장혜자와 진혁은 초조한 듯한 표정으로 그를 쳐다보았다.

만약 누군가 농간을 부려 이런 종이를 보내온 것이라면 이곳에서 톡톡히 망신을 살지도 모르기 때문이었다.

아니 진짜라고 해도 문제가 있었다.

40억이나 되는 돈은 그야말로 큰 문제였다.

절대로 남편이 입금할 리가 없었다.

"네, 고객님. 예금이 확인되었습니다."

박정민은 고개를 들어 두 사람을 쳐다보았다.

순간 장혜자와 진혁의 얼굴에는 만감이 교차됐다.

하지만 이렇게 넋 놓고 있을 수는 없었다.

장혜자는 사전에 진혁이 일러준 대로 말하기 시작했다.

"미안하지만 이돈은 오늘 인출할게요."

그녀는 남편이 그동안 모은 1억의 예금 잔고가 적혀있는 종이를 들어보였다.

"이건 이쪽 계좌로 입금시켜주세요."

장혜자는 자신이 직접 거래하는 1금융권의 일반은행 계좌가 적힌 쪽지를 그에게 내밀었다.

"예, 예."

박정민은 안도의 한숨을 쉬면서 쪽지를 받아들었다.

그리곤 다시 장혜자의 눈치를 보았다.

1억 원의 돈이 인출되는 것은 사실 큰 문제도 아니었다.

하지만 또 다른 40억 원의 돈을 한꺼번에 인출요구를

받으면 오늘 그의 실적은 좋을 리가 없었다.

요즘 들어 가뜩이나 예금이 줄어들고 있는 시점에서 40억 원의 인출은 상사의 불호령이 떨어질게 뻔했다.

"저, 이건 저희가 예금한 기억이 없네요."

장혜자는 40억 원의 잔고가 적힌 종이를 흔들었다.

"무슨 말씀이십니까?"

"저도 이해를 못하겠네요. 일단 이건 저희가 먼저 알아볼 데가 있으니 놔둘게요."

"무슨 말씀이신지 잘 모르겠지만 일단 이 예금은 놔두시겠다는 의사가 맞으시지요?"

"네."

박정민은 내심 안도했다.

그리곤 장혜자가 준 쪽지를 들고 1억 원의 예금액을 처리하기 위해서 출납창구로 향했다.

곧 출납창구로 돌아온 박정민은 영수증을 그녀에게 건네주었다.

그 다음이 문제였다.

순전히 박정민의 영업정신이었다.

상고를 최고의 성적으로 졸업해서 대한민국 최고의 월급을 주는 곳이라고 할 수 있는 대신종합금융에 입사한 그였다.

그는 이곳에서 수없는 좌절을 맛보아야했다.

상업고등학교안에서는 그가 최고였을지 몰라도 이 회사 안에서는 그저 하찮은, 영업이나 적당히 맡아주면 되는 그런 위치에 있었다.

일명 SKY출신들로 구성된 대학졸업자 및 해외명문대학 졸업자들이 득실득실한 곳이 이곳이었기 때문이었다.

그가 이 회사에서 성공하기 위해서는 영업 분야에서라도 탁월해야했다.

그는 자신의 무기인 환한 미소를 지으면서 고객들의 예금인출을 막으며 새로운 예금을 끌어들였다.

현재 제1영업부에 있는 창구 직원 중 박정민의 실적이 제일 우수한 것도 그 때문이었다.

하지만 그는 여기서 만족할 수가 없었다.

그의 주변엔 사방이 대학졸업자들, 그것도 최고의 인재들로 가득했기 때문이었다.

그들의 모습을 보는 것만으로도 박정민의 아킬레스건, 대학을 졸업하지 못했음을 늘 상기시켜왔다.

더구나 이 회사에선 상고 졸과 대졸의 직급체제도 달랐다.

박정민은 늘 자신이 이곳에서 평생 머물면서 이런 서러운, 열등감을 안고 살아야 하는 생각을 하고 있었다.

그러나 대졸에 비해서 적은 월급이라도 상고 졸이 받을 수 있는 대한민국 최고의 월급봉투를 과연 저버릴 수 있을까?

그것이 박정민의 가장 큰 고심이었다.

'흠, 겉으로는 번지르르해도 열등감이 꽤 뭉친 자로군.'

진혁은 눈앞의 박정민을 간파하고 있었다.

어느새 진혁은 조금만 사람을 상대 해봐도 그 사람이 대충 어떤 사람인지 정도는 알수가 있었다.

그의 육체 속엔 백년도 더 산 대마법사의 의식이 숨 쉬고 있으니깐.

대마법사의 능력이라기보다 오래 산 늙은이의 지혜 같은 거였다.

박정민은 재차 장혜자에게 환한 미소를 지으면서 질문을 던졌다.

"저, 이자도 얼마 안되는 은행에 1억 원이나 되는 돈을 왜 입금하십니까?"

"그냥요."

장혜자는 어깨만 으쓱댔다.

사실 그녀로서도 납득이 가지 않는 일이었다.

아들 진혁이 완강하게 고집했기 때문에 어쩔 수가 없이 따르는 것이었다.

그녀도 제1금융권과 제2금융권 사이에 이자가 하늘과 땅 차이라는 것쯤은 알고 있었다.

"혹시 다른 종합금융과 거래하는 것은……."

박정민은 진짜 묻고 싶은 말을 꺼내들었다.

영업창구직원들에겐 종합금융업계끼리 치열하게 고객 다툼을 했다.

그럴 수밖에 없었다.

고객 한명이 몇 십억에서 몇 백억까지도 왔다 갔다 할 수 있었기 때문이었다.

단순히 몇 천만 원 예금한다고 해도 우습게 볼 고객들이 아니었다.

그들은 마음 하나만 바꾸면 한 종합금융에 몰아서 몇 백 억도 예금하기 때문이었다.

한번은 다른 종합금융사에서 허름한 옷차림에 백만 원을 입금하러온 할머니를 창구직원 하나가 무시를 하면서 나중 온 손님의 예금을 먼저 처리한 적이 있었다.

그 다음날 수백억 원의 예금이 무단이탈한 사건이 벌어졌다. 알고 보니 그 할머니가 음지에서 알아주는 큰손이었다는 것이다.

부자들은 묘한 취미가 있다.

때로는 사람을 테스트해보기도 한다.

어쨌거나 종합금융에 근무하는 창구직원들은 마주대하는 모든 고객들을 최선과 최상으로 대하고 있었다.

이들이 주로 위치하는 명동에는 음지에서 활동하고 있는 큰손들이 많았기 때문이었다.

박정민의 입장에서도 40억이나 되는 예금은 일단 가지

고 있으면서 1억의 예금을 움직인다는 것에 민감할 수밖에 없었다.

혹시라도 회사에서 제공하는 서비스가 마음에 들지 않아 다른 금융사로 움직이는 사전초석일지도 모른다는 생각에 미쳤기 때문이었다.

"꼭 알고 싶으십니까?"

불쑥 진혁이 끼어들었다.

"너는 아니?"

박정민이 진혁을 향해 부드럽게 미소를 지었다.

사실 의외로 아이들 입이 가볍다.

물론 진혁이 어린아이라는 뜻은 아니었다.

하지만 영업을 하다보면 의외로 부모를 따라온 자녀들에게서 정보를 간혹 얻을 때가 있었다.

박정민은 진혁의 말에 귀를 쫑긋했다.

"곧 이 나라의 금융권은 망합니다."

진혁은 아무렇지도 않게 대답했다.

"뭐?"

박정민이 어이가 없어 입을 딱 벌렸다.

"인도네시아와 필리핀이 휘청거리고 있다는 것은 아십니까?"

진혁이 입을 뗐다.

"……"

박정민은 사실 해외사정에 대해서는 잘 몰랐다. 국내 금융기관내의 사정은 다른 금융사에 나가있는 동문들과의 교류 덕분에 훤한 편이긴 했지만 말이다.

해외부분은 금융사내의 국제부에서 전담했다.

대부분 금융부와 영업부는 국제부에서 거래하고 가지고 온 채권 등을 잘게 나눠 팔거나 도로 매입할 뿐이었다.

국제부엔 박정민에게 열등감을 심어주는 명문대 생들만이 포진하고 있었다. 애초에 그들은 박정민 같은 상고생들에게 정보를 나누려고 하지 않았다.

박정민은 진혁의 입을 뚫어지게 쳐다보았다.

진혁은 박정민이 자신에게 말을 듣기 원한다는 것을 알고 좀 더 언질을 주었다.

"그 나라들 곧 부도날지도 모릅니다. 그런데 이곳 국제부에 있는 양반들은 그 나라 채권을 열심히 스미소미언에게 사들이고 있습니다. 채권 하나당 40% 마진이라니. 그게 작년의 맥네 영업실적이 최고조로 달한 이유라는걸 아십니까?"

진혁은 정중하지만 비꼬는 듯한 말투를 사용했다.

박정민으로선 예상도 못한 내용들이었다.

비단 박정민뿐만이 아니었다. 1층 객장이 일순 조용해져있었다.

진혁의 목소리가 컸던 것은 아니었다.

하지만 이런 영업 창구에는 손님들이 단순히 예금을 입출금만 하러 오는 것은 아니었다.

예금이자에 대한 정보도 주고받으면서 종합금융사끼리 비교를 해댔다.

그렇기 때문에 창구에 있던 손님들은 일제히 진혁에게 시선이 쏠렸다.

그 바람에 영업장에 있던 직원들까지 진혁을 쳐다보았다.

"제발 당신네들 국제부에게 얘기해서 걔네들 채권 좀 헐값에 사지 말라고 전해주십시오. 스미소미언 자식들이 그런거 헐값에 마구 팔데는 이유가 있으니깐."

진혁의 말투는 점점 냉소적이 되었다.

과거 지구에서 그렇게 헐값에 아파트를 팔고 옥탑 방에 내몰렸던 그와 그의 가족들이었다.

IMF가 주는 비극이 무엇인지 뼈저리게 몸으로 겪은 그였다.

훗날 그 원인중 하나가 외국자본의 농간에 국내 금융사들이 놀아난 것을 알고 몹시 분개했던 적이 있었다.

그때의 기억과 기분이 다시 한 번 진혁을 감쌌다.

"애야, 네가 좀 음모론에 심취했나보구나."

어느새 뒤에 앉아있던 영업1과장이 다가와 말을 건넸다.

그로서는 객장 안에 쏠린 이 분위기를 빨리 끝내야할 책임이 있었다.

진혁은 영업1과장을 쳐다보면서 실실 웃었다.

"음모론이 아닙니다. 곧 아시게 됩니다. 2-3개월 내로 제가 언급한 나라들은 부도가 납니다. 그렇게 되면 국제부에서 사들인 채권들은 전부다 휴지조각이 될 것입니다."

"……"

"디폴트선언이란 단어 정도는 아시지 않습니까?"

박정민은 진혁이 언급한 단어에 사색이 되어 중얼거렸다.

"국가…부도."

툭툭.

영업1과장이 언짢은 표정을 지으면서 박정민의 어깨를 두드린다.

진혁에게 박정민이 휘말리고 있는 것에 살짝 짜증도 나기 시작했다.

영업1과장은 진혁을 쳐다보면서 강경하게 말했다.

"얘…하여간 말이 안 된다. 지금 필리핀이나 그런 나라들이 휘청거린다는 보고도 없다. 우리는 그런 것들을 확인하고 채권을 사들이고 있단다."

"그거야 댁들에게는 국제부에서 그렇게 통보하지 않을까 싶습니다. 위험이 큰 만큼 수익도 크더라."

진혁은 오른쪽 손가락으로 자신의 이마를 살짝 튕겼다.

"아마도 작년연말쯤 댁들보다는 국제부 인간들이 상여금을 엄청나게 받았을 겁니다."

"함부로 말하지 마라."

영업1과장은 살짝 노기어린 표정을 지었다.

주변의 시선이 쏠릴수록 그는 더욱 당황할 수밖에 없었다.

진혁은 그런 영업1과장은 아예 상대조차 하지 않았다.

한눈에 딱봐도 자신의 말이 씨도 안 먹힐 인간, 꽉 막힌 인간으로 보였기 때문이었다.

진혁은 그 대신 박정민의 눈을 뚫어지게 쳐다보았다.

"무… 무슨 소리야?"

그 바람에 박정민이 엉겁결에 질문을 던졌다.

"음…댁은 영업창구직원이잖습니까? 진짜 진실을 알고 싶습니까? 그렇다면 댁네 국제부 직원 하나 멱살 잡아서 개 패듯이 패서라도 확인해보십시오."

진혁은 자기알바 아니란 식으로 말을 끝냈다.

영업1과장의 냉랭한 눈빛이나 객장에 있는 사람들의 시선을 그만 정리해야겠다는 생각이 들었기 때문이었다.

그로서는 최대한 이 사람들에게 언질을 준 셈이었다.

이런 장소에서 인연의 법이 작용한다면 자신은 그 역할을 해준 셈이라고 생각했다.

"어머니, 그만 가시겠습니까?"

장혜자는 엉거주춤히 자세로 아들을 따라 일어섰다.

그들은 멍한 표정을 짓고 있는 박정민과 객장의 사람들을 놔두고 불같이 뜨거운 영업장 밖으로 향했다.

두 사람이 채 몇 걸음 걷기도 전에 두다닥! 소리와 함께 사오십 대의 한 남자가 달려와 그들의 앞을 가로 막았다.

"애야, 네의견 잘 들었다. 네 말이 현실화되는지 지켜보겠다."

사오십 대의 남자는 그렇게 말하고는 자기 품에서 명함 한 장을 끄집어내 진혁에게 건네주었다.

"네 말이 현실화된 이후 언제든지 내가 필요할 때면 전화해라."

진혁이 명함을 받아들었다.

남자는 가볍게 고개를 끄덕이는 것으로 인사를 대신하고선 도로 대신종합금융 영업장 쪽으로 걸어 들어갔다.

진혁은 그 모습을 바라보다가 그가 건넨 명함을 확인했다. 금박 테두리 안에는 달러교환이라는, 촌스럽기까지 한 문구와 함께 대표이사 백곰이라는 이름과 전화번호가 적혀 있었다.

"풋. 백곰?"

진혁은 자신도 모르게 너털웃음을 터트렸다.

그렇게 뜨거운 한여름의 어느 날, 5년 뒤 대한민국의 금융을 주름잡을 최진혁, 백곰, 박정민이 처음 만나게 되었다.

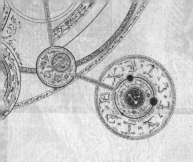

Return of the Meister

NEO MODERN FANTASY STORY

8. 커져가는 음모

8. 꺼져가는 음모

Return of the Meister

서울 강남구 남쪽의 구룡산, 대모산의 성남시와 분계되는 인릉산 사이에 형성된 분지에 내곡동이 위치하고 있었다.

특히 내곡동을 둘러싸고 있는 산중 인릉산이 있는 곳에는 국가안전을 담당하는 국가안전기획부가 위치하고 있었다.

새벽 6시, 이른 시간임에도 불구하고 안기부의 간부급들은 모두 모여 비상회의를 하고 있었다.

오늘 느닷없이 새벽에 부장이 소집한 것이었다.

부장 오재원은 심각한 표정으로 회의실에 앉아있는 각 수사팀장들을 쳐다보았다.

물론 이 자리에 차장 및 기획조정실장까지 참석해있었다.

"최한필교수가 자진 월북했다는 증거가 있다면서?"

부장 오재원은 금융수사과장 이희상을 쳐다보았다.

"그렇습니다."

이희상은 자리에서 일어나 각 사람들에게 미리 준비한 보고서를 돌리기 시작했다.

박정원은 이희상이 건네주는 보고서를 찬찬이 훑어보았다.

이미 예상은 하고 있던 터였다.

최한필교수의 입금계좌사본이 첨부되어있었다.

박정원이 오재원을 쳐다보았다.

"할 말이 있는가?"

평소 박정원을 신뢰하고 있던 터라 오재원은 그에게 발언권을 주었다.

"어제 최한필의 가족들로부터 40억에 대한 신고가 들어왔습니다."

"그렇군."

오재원은 별다른 표정을 짓지않은채 고개를 끄덕였다.

발끈하고 나선 것은 이재상이었다.

"가족들이 먼저 신고를 했다고 해도 최한필이 입금하지 않았다는 보장은 없습니다."

"그렇다고 무턱대고 최한필을 매국노로 몰아갈 수는 없

잖소!"

박정원도 지지 않고 이재상에게 쏘아붙였다.

"넘어간 자들 중 부하들도 있다면서요?"

이재상이 비릿한 미소를 지었다.

박정원은 입술을 꽉 깨물었다.

사실 부장인 오재원이 박정원을 신뢰하고 있지 않았더라면 그는 벌써 옷을 벗어야 했다.

이미 한차례 사표를 냈던 박정원이었다.

하지만 오재원은 현 사태를 마무리 짓고 사표를 내라면 반려했기 때문이었다.

"돈 앞에서 무너지기 쉬운 게 인간이지요."

이재상이 의미심장한 소리를 했다.

박정원과 이재상의 강렬한 눈빛이 허공에 부딪혀 불꽃을 일으켰다.

"속단할 수는 없다는 거군."

오재원이 두 사람을 보면서 중얼거렸다.

결국 두사람중 아무도 이긴 사람이 없는 셈이었다.

"최한필을 데려와야 하지 않겠습니까?"

박정원이 오재원을 향해 조심스럽게 물었다.

"그게 가능할까?"

"100프로 장담은 어렵습니다. 하지만 경수로가 착공을 시작하면 그들은 더욱 최한필을 숨겨둘 것이 뻔합니다."

"위치는 확보했고?"

"현재 평양호텔에 머물고 있다는 정황이 포착됐습니다."박정원은 자신 있게 대답했다.

"저는 반대합니다."

이재상이 자리에서 벌떡 일어났다.

"왜지?"

오재원이 이재상을 쳐다보았다.

'부장은 나와 이재상의 줄다리기를 즐기는군.'

박정원이 쓴웃음을 지었다.

부장 오재원은 사람들의 말을 귀를 기울인다.

그 자신은 부하들의 말에 절대 반대하는 법이 없었다.

하지만 자세히 보면 서로 의견을 달리하는 두 사람을 서로 경합하게 만든다.

박정원은 자신이 이재상을 반드시 이겨야 작전을 수행할 수 있다는 것을 알고 있었다.

오재원은 결코 무턱대고 자신 편을 들어줄 사람이 절대 아니었다.

"보고서가 한 장 더 있습니다."

이재상은 회의실 탁자위에 올려놓았던 파일중 제일 밑에 있는 검은색 파일을 하나 조심스럽게 들었다.

그리고는 안기부 부장 오재원에게 건넸다.

오재원은 파일을 들여다보았다.

조용한 정적이 회의실을 감돌았다.

박정원은 자신도 모르게 긴장했다.

"이들 의견인가?"

오재원은 뻔히 다 읽어놓고도 일부러 이재상에게 다시 한 번 질문했다.

그 보고서엔 이재상이 대놓고 밝히기 싫었던 미국 CIA의 국장 어밍스턴의 의견이 적혀있었다.

오재원은 무슨 생각에서인지 CIA 국장의 의견을 공론화하려고 했다.

"현재로서는 그렇습니다."

이재상도 조심스럽게 말을 받았다.

그라고 해서 대한민국을 대표하는 과학자를 매국노로 낙인찍는 게 속은 편치 않았다.

하지만 모든 정황이 그랬다.

박정원은 상황이 어떻게 돌아가는지 두 사람의 대화만으로도 충분히 짐작할 수가 있었다.

아니, 이방에 있는 모든 간부들은 눈치를 채고 있었다.

분명 저 서류철에는 CIA의 보고서가 들어있으리라.

그리고 그 보고서는 최한필을 매국노로 낙인찍는 의견과 정황이 들어있을 것이었다.

그간 이재상의 행동이나 말만 봐도 충분히 유추할 수가 있었다.

"작전은 물 건너갔군."

오재원이 박정원을 쳐다보면서 말했다.

"확인하고 싶습니다.박정원은 침착하게 말했다.

"무얼?"

"정말 최한필교수가 나라를 팔고, 제 가족을 배반하고 자진 월북했는지를 말입니다."

"개인적으로 너무 그 가족들에게 동조하는 거 아닌가?"

오재원의 날카로운 시선이 돌아왔다.

"아닙니다. 저는 대한민국이 이 정도밖에 되지않는다고 생각지는 않습니다."

박정원은 한마디 한마디 힘을 주었다.

"부하들이 배신해서?"

"……."

오재원의 말에 박정원은 말문이 막혔다.

그를 괴롭히고 있는 가장 큰 아킬레스건이었다.

"마지막으로 기회를 한 번 더 주십시오."

"그 자리를 내놓을 텐가?"

물론 오재원이 진심으로 박정원이 물러나기를 원하는 것은 아니었다.

하지만 부하들이 보는 앞에서 박정원만을 감싸고 들 수는 없는 노릇이었다.

그는 박정원에게 한 번 더 기회를 주고 싶었다.

"그렇습니다."

"흠."

오재원은 잠시 생각에 잠긴 듯 한 표정을 지으면서 이재상을 쳐다봤다.

그러자 이재상이 반대하고 나섰다.

"안 됩니다. 미국의 협조를 얻을 수 없는 이상 저희가 단독으로 행동을 취했다가는 그들의 미움을 살 것입니다."

"우리가 언제부터 CIA 눈치를 보았습니까?"

박정원이 지지 않고 이재상에게 목소리를 높였다.

"이거 왜이러십니까? 다 아시는 양반이."

한순간에 회의실 분위기는 싸늘해졌다.

"그만."

오재원이 한마디 했다.

박정원과 이재상은 여전히 서로를 노려보았다.

"박정원은 작전준비를 철저히 하고 계속 최한필교수의 행방을 확인하도록 해. 그리고."

오재원은 박정원을 향해서 말하고는 다시 이재상을 쳐다보았다.

"자네는 CIA에서 왜 그런 판단을 했는지 정보를 더 얻어와. 이것만으로는 약해."

그는 서류를 들어 보이면서 계속 말을 이었다.

"정보가 좀 더 추가되고 나면 작전을 수행할지말지 결정하지."

오재원이 자리에서 일어났다.

회의를 끝낸다는 의미였다.

박정원도, 이재상도 결국 자신들의 뜻에 도달하지 못한 셈이었다.

"괜한 준비 마십시오."

이재상이 자리에서 일어나 박정원을 스쳐가면서 낮게 중얼거렸다.

"자네야말로 후회하지 말게."

박정원 역시 지지 않고 이재상에게 쏘아붙였다.

이재상은 더는 들어볼 필요도 없다는 듯이 회의실 밖으로 나갔다.

회의 실안에 홀로 남은 박정원의 이마에는 주름이 깊어져갔다.

그의 손에는 이재상이 건네준 보고서가 들려있었다.

보고서안에는 한때는 자신들의 요원이었던 자들이 대신 종합금융의 영업장 안에 서있는 모습이 찍혀있었다.

"개새끼들!"

박정원의 입술은 부르르 떨렸다.

그의 눈은 금방이라도 터질 듯이 붉어져갔다.

마음 같아선 당장이라도 북한으로 쳐들어가 이 자식들

을 데려오고 싶었다.

직접 자신의 손으로 목을 조르기 위해서말이다.

❖

"흐아~"

진혁은 관악산 매화당, 자신만의 터에서 느긋하게 기지
개를 폈다.

그를 둘러싸고 있는, 아니 아버지 최한필교수를 둘러싸
고 있는 음모는 아직 해결된 것은 없었다.

하지만 뜨겁게 치솟은 한낮의 태양아래, 장시간 마나를
모으고 있노라니 온몸이 나른해지기 시작했다.

'그놈의 마나 때문에.'

마나를 모으고 있는 동안에는 마법사용을 하지 않는다.

그 덕에 뜨거운 햇빛을 온몸으로 흡수해야만 했다. 진혁
은 땀 때문에 흥건히 젖은 옷을 드라이마법으로 말렸다.

'슬슬 가봐야지.'

진혁은 너럭바위위에서 일어섰다.

오늘은 김호진 교수를 만나 맛있는 점심식사를 함께 하
기로 약속한 날이었다.

꼬르륵.

그의 뱃속에서 요란하게 소리가 났다.

'그러고 보니 새벽 3시부터 아무것도 안 먹었구나.'

진혁은 배를 쥐어 잡으면 주위를 두리번거렸다.

무언가 불안한 기분이 슬금슬금 올라왔기 때문이었다.

"호호호호, 네가 맞구나."

낭랑한 하이 톤의 목소리가 울려 퍼졌다.

'헉.'

진혁은 낭패스러운 표정을 지었다.

한쪽 나무에서 화영과 화진이 등장했기 때문이었다.

엄밀히 말하면 화영누나이긴 했지만.

"무슨 일이십니까?"

"나 몰라?"

화진이 화영누나보다 먼저 말대꾸했다.

"……"

진혁은 일부러 모른척했다.

화진은 화영누나네 집, 지금 진혁이네가 세들어 살고있는 주인집 막내딸이었다.

왜 모르겠는가.

"야, 모른척 할 것을 모른척 해라."

화진은 진혁이 자신을 무시하고 대답을 하지 않자 기분이 상했는지 거침없이 말했다.

물론 화진의 입장에서 그때란 얼마 전 매화당에서 길을 잃고 만났을 때를 말하는 것이었다.

하지만 진혁의 입장에서는 100년하고도 10년 전 과거와 똑같은, 변한게 없는 화진이었다.

'저애는 그랬지, 직설적이고 할 말 다하는 성격이었지.'

진혁은 쓴 미소를 지었다.

과거 화영누나 주변을 얼쩡거리다가 화진이로부터 얼마나 심한 소리를 많이 들었는지.

그때 생각이 나자 얼굴이 화르륵 붉어지는 것만 같았다.

'동요하지 말자.'

진혁은 일부러 시선을 회피했다.

"저기 우리 집에 이사온 게 너 맞지?"

화영이 중간에 나서서 질문을 했다.

끄덕.

진혁은 자신도 모르게 고개를 끄덕였다.

하긴 자신이나 가족이 화영이네 산다는 것이 굳이 숨길 이유도 아니었다.

"몇 번 엄마랑 나가는 건 봤는데…너 맞나 싶어서."

화영은 망설이듯 말했다.

얼마 전 자신의 집에 새로 이사온 사람들 중 진혁을 보고는 의아스러웠다.

분명 관악산에서 길을 헤매던 그날 만났던 소년과 비슷하면서도 묘하게 달랐다.

그것을 화진이에게 말한 것이 문제였다.

화진은 그 얘기를 듣고는 궁금증이 폭발한 것이었다.

덕분에 자매는 확인하기로 했다.

진혁이 외출하는 것을 본 후 자매들도 뒤따라 이곳으로 왔다.

분명 그때 만난 소년이라면 왠지 오늘도 이곳에 있을 것이라는 예감이 강하게 들었기 때문이었다.

이곳은 소년과 묘하게 어울렸다.

하지만 정말 이곳에 진혁이 있는 것을 알고 순간 두 자매는 심장이 멈출 뻔했다.

혹시나 하면서 온 기대감이 기쁨으로 변했기 때문이었다.

왜 기뻐하느냐고 묻는다면 할 말이 없었다.

그냥 그랬다.

두 자매는 여기 오는 내내 자신들도 모르게 그곳에 소년이 있었으면…….

그리고 그 소년이 자신들의 집 2층에 이사온 진혁이란 애였으면 하고 간절히 바라고 있었다.

그런 마음으로 이곳으로 힘들게 왔는데 진혁에게 냉담을 당하자 화진으로서는 기분이 상할 대로 상했다.

"무슨 애가 주인집 딸이 물으면 곱게 대답이나 할 것이지."

화진은 언니 화영이 말리는 새도 없이 진혁을 향해서 말했다.

"주인집 딸?"

진혁의 눈썹이 한쪽으로 치켜 올라갔다.

과거의 열등감이 자신도 모르게 치밀어 올랐다.

'내가 왜 이러지?'

진혁은 뜻밖의 자신의 행동에 오히려 속으로 당황했다.

비록 겉으로 보이기엔 16살의 소년이라고 하나 그의 머릿속은 100살이 넘었지 않은가.

그런데도 불구하고 화진이의 도발에 자신도 모르게 마음이 반응하고 있었다.

"오호, 말은 할 줄 아는구나."

"말할 줄 안다며?"

"난 꿀 먹은 벙어리인줄 알았지."

화진은 어깨를 으쓱했다.

"그만 꺼져라."

"여기가 네땅이니?"

"그렇다며?"

"흥, 관악산이 다 네거면서 왜 우리 집에 세들어사는데?"

그야말로 유치하기 짝이 없는 말이 화진의 입에서 흘러나왔다.

진혁은 그런 화진을 보고 실소가 나왔다.

그의 눈엔 화진이 아직 어린 아이에 불과했다.

관심 달라고 징징대는.

'과거에도 그랬나?'

진혁은 그제야 화진이 다르게 보였다.

과거엔 정말이지 죽이고 싶도록 미운 주인집 딸이었다.

게다가 학교까지 똑같았다.

중학교뿐 아니라 고등학교 내내.

덕분에 내내, 화진의 잔소리와 구박에 진혁은 시달려야
했다.

그때는 몰랐다.

화진이 왜 이렇게 자신만 갖고 화를 내고 괴롭히는지.

'상대를 말자.'

진혁은 과거 자신이 저런 아이를 상대로 싸웠다는 사실
조차 부끄럽게 느껴졌다.

아니 지금 이순간도 화진과 말씨름을 했다는 것이 창피
할 정도였다.

"흥, 다시 꿀 먹은 벙어리가 됐니?"

화진은 여전히 씩씩거리면서 진혁을 향해서 눈을 흘겼
다.

"그만해라."

중간에서 미안한 것은 화영이었다.

호기심에 그냥 한번 확인하러 온 것뿐인데 괜히 진혁을
싸움에 말려들게 한 셈이었다.

더구나 앞으로 내내 얼굴을 봐야할 사이들이었다.

화진과 진혁이 싸워서 좋을 게 없었다.

"언니는 내편이 돼야지. 쟤가 날 무시하잖아."

화진은 진혁을 향해서 손가락을 가리켰다.

사실 화진도 자신이 왜 이렇게 진혁에게 화내는지 이유를 몰랐다.

그냥 그랬다.

자신의 말에 대답도 안하는 진혁이 너무도 서운했다.

그게 전부였다.

"화진아, 그만해라."

화영은 화진을 다독이고는 진혁이 있는 쪽으로 다가왔다.

"미안하다. 전에 말했지? 난 화영이고 얘는 내 동생 화진이야."

"알고 있습니다."

진혁은 다 안다는 표정을 지었다.

같은 집에 사니 이정도 아는 척은 해줘야겠지.

진혁은 좀 전까지 자신이 너무도 이 자매들에게 유치하게 굴었다는 사실을 인정할 수밖에 없었다.

"그럼 아는 척 좀 하지?"

화진이 진혁의 말에 쏘아붙였다.

"뭐라고 아는척 하는데?"

진혁이 조용히 되물었다.

"그… 그거야, 이곳에서 만나……."

그 바람에 화진이 되레 당황했다.

사실 그녀 입장에서도 생각해보니 딱히 대답할 말이 없었다.

화진의 생각에도 진혁이 일부러 그녀의 집에 찾아와 관악산에서 만난 소년이라고 인사를 한다는 것도 이상하긴 했다.

'방법을 바꾸니깐 되는구나.'

진혁은 그런 화진을 보고는 미소를 지었다.

늘 화진과 다투고 한말이라도 지지 않으려고 입씨름을 했었다.

'부드러운 게 이기는구나.'

진혁은 새삼 오래된 고전이 명불허전임을 깨달았다.

"암튼, 이렇게 만나서 반가워."

화진은 자신도 모르게 얼굴이 새빨개져서 말했다.

"반갑다."

진혁도 대답했다.

"……."

"……."

"……."

동시에 세 사람이 서로의 얼굴을 멀뚱멀뚱 쳐다봤다.

이젠 뭐하지?

아마도 이 말이 세 사람의 뇌리에 동시에 스쳐지나갔을
것이다.

막상 대놓고 확인하고 인사를 하고나니 마땅히 서로 대
화할 말이 없었다.

"서울대생이 길은 왜 잃어버리셨습니까?"

진혁이 어색한 분위기를 깨려고 먼저 말을 꺼냈다.

"내가 서울대생이라는 것을 어떻게 알았니?"

화영의 눈이 동전 만해졌다.

'아차.'

진혁은 자신이 실수한 것을 깨달았다.

하지만 이내 침착하게 말했다.

"여기를 한 번도 아니고 두 번이나 오시는걸 보니 근처
학교에 다니시나했습니다."

진혁의 말에 화영이가 감탄했다.

"어쩜 똑똑해라. 나중에 형사나 탐정하면 되겠다."

"언니, 뭐가 똑똑한 거야! 쟤가 폼 잡고 저렇게 말하고
있지만 뻔해. 엄마가 맨날 동네방네 다 자랑하고 다니잖
아. 새로 이사온 사람에게도 자랑하고도 남았을걸."

화진이 뻔 하다는 표정을 지었다.

"맘대로 생각하십시오."

진혁은 심드렁한 표정을 졌다.

"넌 무슨 애가 말투도 그러니?"

화진은 진혁을 향해서 또 시비를 걸어왔다.

중간에 화영만 난처해진 셈이었다.

그녀는 화진과 이곳으로 온 것을 후회했다.

그냥 집에서 기다리다가 확인해도 될 일이었다.

왜 군이 관악산까지 올라와서 확인을 했는지.

화영은 2시간 전으로 돌아갈 수만 있다면 그렇게 하고 싶었다.

"미안해, 우리는 궁금했어."

화영은 솔직하게 계속해서 말했다.

"그때 우리가 도움 받은 학생이 너인지 아닌지 헷갈려서."

그렇게 말하는 화영의 표정은 발그레 졌다.

화영만의 매력이었다.

그녀는 말을 할 때 다소 난감한 일이 있거나 부탁할 일이 있을 때면 저런 표정을 상대방에서 짓는다.

"내가 동일인인지 아닌지 직접 와서 확인해보자고 했다."

화진은 또 끼어들면서 자랑스럽게 말했다.

도대체 지치지를 않는 여자였다.

하여튼 이 여자들의 말을 종합해보면 얼마 전 산속에서 길을 알려준 말라깽이와 자신이 사는 곳의 2층집에 이사 온 애가 동일인인지 궁금했다는 거였다.

'싱겁긴.'

진혁은 피식 웃었다.

확실히 그때와는 다른 전개였다.

과거에는 이삿날 화영누나가 나와서 이삿짐도 거들어주었다.

'그땐 우리가 어쩔 줄 몰라 하고 서있었지.'

이번엔 진혁이 모든 것을 한순간에 끝내버려서 화영누나나 주인아주머니가 나올 새가 없었던 것이다.

'인연은 어떻게든 이어져가는구나.'

진혁은 혼자 속으로 생각했다.

"칫, 꼴에 사내라고 언니 얼굴만 쳐다보네."

화진은 진혁이 멍청하게 화영만을 쳐다보고 있자 심술이 났는지 일부러 말을 심하게 했다.

"애는."

화영누나가 또 얼굴이 발그레 진다.

"언니도 그러지마. 이 쪼그만 게 괜히 착각한다고. 윗집 사는 어린애 불지피지 마."

"화진아, 너도 참."

화영은 기가 막힌 표정으로 화진를 쳐다봤다.

화영의 입장에선 진혁이나 화진은 다 애로 보였다.

아니 진혁은 그나마 성숙한 매력이 어딘가 모르게 물씬 나고 있었다. 하지만 화진은 아직도 앳된 얼굴이 강하게 남아있었다.

남들이 보면 화진을 중학생으로 보지 않고 초등학생으로 여길 정도로 앳되었다.

그런 화진이 되레 진혁을 애취급하면서 말을 하고 있는 걸 보자니 웃음이 나기도 하고 기가 막히기도 했다.

물론 진혁에게 미안하기도 했다.

'옛날이나 지금이나 저 면상은 똑같군.'

진혁은 화진을 보면서 생각했다.

자신보다 더 어려보이는 얼굴에 저런 말을 하니 기가 막히다 못해 귀엽다는 착각마저 일어났다.

순식간에 어색한 분위기가 흘렀다.

"혹시 우리가 방해한 거 아니니?"

화영이 또다시 말을 건넸다.

"지금 내려가려고……."

진혁이 입을 여는데 동시에 그의 뱃속에서 우렁찬 신호가 울려 퍼졌다.

꼬르르륵.

'이게 무슨 망신이냐.'

순간 진혁은 당황했다.

이런 모습이 화영누나에게 마냥 자신이 마냥 어린 학생으로 보일 것 같았다.

"호호호호. 밥때가 되니 배고프구나. 애는 애야."

화진이 이때를 놓칠세라 재수 없게 또 한마디를 보탰다.

"밥 먹으러 가지 않을래? 저번에 내가 약속한 것도 있고."

화영이가 진혁에게 제안을 했다.

진혁은 자기도 모르게 솔깃했다.

하지만 오늘은 김호진 교수와의 점심약속이 있는 날이었다.

게다가 아랫집 누나가 밥사준다고 졸랑졸랑 따라가는 것도 그다지 폼이 나지 않는 일이긴 했다.

"약속 있습니다."

"아쉽네. 다음에 꼭 같이 먹자."

화영은 아쉬운 표정을 지었다.

그런데 화진도 아쉬운 표정을 살짝 짓는 건 진혁의 착각일까?

세 사람은 사이좋게 관악산 입구 쪽을 향해서 내려왔다.

관악산 자체는 그렇게 험준한 산은 아니었다.

산 입구에서 약 2시간이면 정상에 오를 수 있는 산 정도였다.

매화당은 그 중간쯤 있었다.

진혁의 걸음으로는 30분 정도, 아니 마법을 이용하면 단숨에 오고갈 수 있는 거리였다.

하지만 두여자의 걸음걸이는 매우 느렸다.

산은 올라가는 것보다 내려오는 것이 더 힘든 편이다.

그다지 산행을 하지 않은 것이 티가 팍팍 났다.

'그러니, 길을 잃지.'

진혁도 이해가 되면서도 살짝 짜증이 났다.

지금쯤이면 벌써 김호진 교수를 만났어야 했다.

그러나 한편으로는 첫사랑 화영누나와 함께 산속을 거니는 것 자체가 설렘이었다.

예전과 달리 듬직한 남자답게 길이 서툰 화영누나의 손을 잡아주고 있었기 때문이었다.

과거엔 손 한번 못잡아본 화영누나의 손을 지금 실컷 잡고 있었다.

"정말 너 아니었으면 2시간도 더 걸렸을 텐데."

화영은 손목에 찬 시계를 흘낏 쳐다봤다.

매화당에서 약 1시간정도밖에 안 걸려 내려온 셈이었다.

"하하하. 잘 걸으시던데요."

진혁은 살짝 찔리는지 웃음으로 마무리했다.

그는 산을 내려오면서 두 여자 모르게 몸을 가볍게 하는 마법을 걸었기 때문이었다.

이제 2서클은 완전히 그의 가슴에 정착했다.

이정도의 마법은 그에게 쉬운 죽 먹기였다.

물론 그 자신은 자신에게 만족할 수는 없지만 말이었다.

'이 정도는 티나지 않겠지?'

진혁은 놀라워하는 화영, 화진의 자매 얼굴을 번갈아 쳐다보았다.

"이상하다. 언니야, 우리가 이렇게 날렵했나?"

화진도 고개를 갸웃거렸다.

산을 내려오는데 온몸이 가벼워도 너무 가벼웠다.

그 기분대로라면 당장 하늘을 날 수 있을 것만도 같았다.

"다음에 또보자. 우리도 학교 구내식당에서 밥 먹으려고."

화영은 손가락을 들어 서울대 정문 쪽을 가리켰다.

서울대 정문 앞에는 학교의 명물인 '샤' 라는 조형물이 놓여있었다.

'서울'의 시옷과 '국립'의 기역, '대학'의 디귿을 조합해서 만든 조형물이라고 알려져 있다.

또 다른 뜻으로 분석하면 '야'는 열쇠를 형상화한 것으로 학문의 문을 여는 열쇠란 뜻을 포함한다는 얘기였다.

결국 조형물은 서울대가 학문과 지성의 문을 여는 역할을 한다는 의미였다.

서울대생이라면 누구나 조형물을 보면서 자신들이 자랑스러운 대한민국을 대표하는 자라는 뿌듯함을 느끼고 있었다.

하지만 지금의 진혁에겐 서울대는 아버지 최한필교수의 추억이 깃든 곳이었다.

"저도……."

"호호호, 너도 서울대 가고 싶구나?"

화진이 그 심정 안다는 식으로 말했다.

진혁은 시선을 외면했다.

현재 화영누나네 집은 진혁이네가 최한필교수 가족이라는 것을 모르고 있었다.

봉천 4동에서 봉천 8동까지 자신들의 소식이 전해지는 거야 학교를 개학하고 나면 자동으로 알려지겠지만, 그때까지 딱히 말하고 싶지 않았다.

여자들의 입은 믿을게 못되었다.

아마 하루도 채 지나지 않아 새로 이사 간 동네에 소문이 날것이 뻔했다.

당분간은 어머니와 동생들이 주위사람들에게 시달리지 않고 안정을 취하는 것이 더욱 중요했다.

지금 김호진 교수를 만나러 간다고 굳이 밝힐 필요는 없었다.

"전 후문에 있는 계곡 쪽으로 갑니다."

진혁의 말은 아주 틀린 말이 아니었다.

김호진 교수의 연구소가 계곡 쪽에 있었기 때문이었다.

"무슨 약속을 그런데서 하니? 서울대 퍽이나 가고 싶은 애들이구나."

화진은 여전히 독설을 날렸다.

그녀의 생각엔 진혁이 친구와 약속을 그곳으로 일부러 정했을 거라고 판단했기 때문이었다.

대부분 이 동네 근방의 중, 고등학생들은 일부러 서울대 캠퍼스 안을 구경하기 위해서 종종 약속을 이곳으로 잡는 경우가 많았기 때문이었다.

진혁으로선 서울대가 엄청나게 넓다는 것이 다행으로 여겨졌다.

사실 서울대 안은 순환버스가 돌아다닐 정도니깐.

화영은 그런 동생 화진이 민망해서인지 서둘러 진혁에게 손을 흔들면서 헤어졌다.

간신히 그녀들과 헤어진 진혁은 순식간에 인빌리지블마법과 플라이마법을 이용하여 김호진 교수가 있는 연구소 앞으로 갔다.

원래 정오에 만나기로 했는데 어쩌다보니 낮1시가 훌쩍 넘겨진 시간이었다.

진혁을 본 김호진 교수는 웃으면서 반겨주었다.

약속시간을 늦은 것에도 아무런 말이 없었다.

진혁이 아는 김호진 교수는 그런 사람이었다.

늘 인자하고 사람들에게 다정다감하며, 굳이 단점을 캐내지 않는 면모가 대인배였기 때문이었다.

"소희와 진명이는?"

"오늘도 어머니가 양주로 데려가셨습니다."

"녀석, 말투가 여전하구나."

"죄송합니다."

"죄송할 것까지야, 네 엄마가 양주 갔다는 얘기는 들었는데 내가 깜빡했구나."

김호진 교수는 빙그레 웃었다. 아내에게서 이미 장혜자의 소식을 듣고 있었다.

"내가 전화하지 않아도 먼저 자주 오거라. 난 항상 이곳에 있으니깐 말이다."

김호진은 진혁의 머리를 쓰다듬으려고 손을 뻗다 말고 고개를 갸웃했다.

"키가 컸네."

진혁은 속으로 웃었다.

"한참 클 나이지. 맛있는 것 많이 먹어야겠다."

김호진은 과거와 마찬가지로 자상하게 진혁을 챙겼다.

"고기로 사주실겁니까?"

진혁은 자신도 모르게 말했다.

지구로 돌아온 지 여태 제대로 먹지 않았다는 사실이 떠올랐다.

돈을 아껴야 한다고 자신이 어머니 장혜자에게 강조했던 건 사실이었다.

그렇다고 내내 풀 반찬만 해주실 것은 없었는데.

여타 마법사와는 달리 소드마스터였던 진혁으로선 채식

도 물론 중요했지만 충분한 고기섭취도 필요했었다.

그런데 지구에서 여태 제대로 된 고기반찬을 먹어본 적이 없었다.

자신도 모르게 침이 꿀꺽 삼켜졌다.

그 모습을 본 김호진 교수는 왠지 진혁을 애처롭게 느꼈다.

"암, 그렇고말고, 참."

김호진은 진혁과 나가려다 말고 교수실에 있는 조교를 쳐다보았다.

"조군도 같이 가지."

"알겠습니다."

김호진의 그 말에 교수실 한쪽 구석에 앉아있던 조성진이 미소를 띠면서 일어섰다.

"진혁아, 괜찮지? 새로 들어온 조교란다."

진혁은 조성진을 쳐다보았다.

그는 두꺼운 뿔테안경을 쓴 전형적인 공대생으로만 보였다.

"저야 뭐, 교수님 조교 형과 친해지면 더 좋겠죠."

진혁이 호기롭게 대답했다.

"녀석, 똑똑하구나."

김호진은 미소를 지으면서 조성진에게 손가락을 까딱했다.

그렇게 세 사람은 함께 한우불고기전문점에서 점심식사를 했다.

꺼억.

진혁의 입은 연신 트림하기 바빴지만 그의 손에 들린 젓가락은 여전히 불고기를 집어 드느라 바빴다.

벌써 10인분의 불고기가 나왔었다.

김호진은 연신 불고기를 먹어대는 진혁을 인자한 미소를 쳐다보았다.

그의 옆에 있던 조성진도 마찬가지였다.

20대 중반의 젊은 남자치고 조성진은 진혁이 먹는 모습에 놀란 표정을 지었다.

연신 진혁을 보면서 감탄했다.

"내 몫까지 많이 먹어라."

조성진은 자신의 앞에 있는 접시에 담긴 파채까지 건네주었다.

서빙하고 있는 아주머니가 연신 진혁 앞에 놓여져있는 파채를 갖다 주기는 했지만 빠른 속도로 파채가 비어지고 있었다.

진혁은 불고기에 파채를 감싸먹는 것이 제일 맛있었다.

김호진은 그런 신혁을 인자하게 쳐다보면서 말을 건넸다.

"엄마에게 들었다. 예금을 발견했다면서?"

그의 목소리는 순간 낮아졌다.

아무래도 40억이라는 숫자를 밝히지 않은 것은 불고기 식당 안에 많은 사람들을 의식해서였다.

"네."

진혁은 고개를 끄덕였다.

어머니 장혜자가 김호진 교수의 아내는 당최 비밀이 없었다.

아니 비밀은 고사하고 그날 먹은 반찬까지 훤히 파악하고 있을 것이라는 생각을 했다.

'여자들 입은 믿을 수가 없어.'

진혁은 그렇게 생각하면서도 어머니의 입장에서 충분히 이해를 했다.

유일하게 기대고 말할 수 있으면 행여 학교 쪽에서 어떤 소식이라도 오면 알려줄 사람이 김호진 교수 내외밖에 없었기 때문이었다.

"그것 때문에 말이 많을까 염려스럽습니다."

진혁은 김호진의 얼굴을 빤히 쳐다봤다.

"안기부에서 학교 쪽에 별말안했나보더구나."

"다행입니다."

진혁은 안기부 대북수사과장인 박정원에게 40억에 대해서 빠른 조치를 한 것을 다행으로 여겼다.

분명 박정원 쪽이 힘을 썼으리라.

"아직 대외적으로 알려진 게 없다. 걱정하지 마라."

김호진은 천만다행이라는 표정을 지었다.

"왜 그자들은 아버지를 매국노로 만들기 위해서 혈안이 되었는지 모르겠습니다."

진혁은 진지하게 물었다.

"어떤 자들?"

"어떤자들인지간에 아버지를 납치한자들 말입니다."

"글쎄다. 네 아버지가 납치라면 정부쪽에서도 가만있지 않겠지."

"아버지를 데려오기 위해서 은밀히 활동할 수 있다는 말씀입니까?"

진혁은 김호진 교수 말에 하나의 희망이 생긴 것 같았다.

"그럴지도."

김호진은 진혁에게 괜한 희망감을 준게 아닌가 하는 걱정을 하면서 고개를 끄덕였다.

'이거다.'

진혁은 무릎을 탁쳤다.

박정원이 자신에게 무언가 숨기고있다는 것쯤은 이미 느꼈었다.

'이대로 나도 가만히 있을 수 없지.'

진혁은 자신도 모르게 두주 먹을 불끈 쥐었다.

"어머니나 동생들에겐 비밀이다. 이건 어디까지나 내 추측일 뿐이야."

김호진이 염려스러운 표정을 지으면서 말했다.

진혁은 안심하라는 듯이 고개를 끄덕였다.

그리곤 그는 정말 궁금한 질문 하나를 날렸다.

"저희 아버지를 북한에서 납치한 것이 경수로 건설 때문입니까?"

"그렇게 알고 있다. 왜 그러니?"

김호진은 여전히 의아한 표정을 짓는 진혁을 보면서 물었다.

"네 아버지가 이 분야에서 1인자시잖아."

조성진이 옆에서 거들었다.

"그렇긴 한데. 그 정도쯤은 저희 아버지 말고도 교수님도 있고……."

진혁의 말은 사실이었다.

북한의 입장에선 굳이 대한민국의 최고천재라고 불리는 아버지를 납치할 필요가 없었다.아버지의 국제적인 인지도를 생각하면 외교적인 분쟁이 더욱 커질 뿐이다.

진혁은 자신이 알던 과거를 전부 재검토하고 있었다.

그러다보니 그때는 보이지 않던 것들이 하나둘씩 보였다.

"녀석, 생각이 많구나."

김호진은 진혁을 기특하게 여기면서도 그의 말을 무시했다.

"헤헤, 제가 넘 쓸데없는 생각까지 하나봅니다."진혁이 뒤통수를 웃으면서 긁었다.

여느 16살 소년과 다름없는 행동이었다.

진혁이 일부러 그렇게 보이려고 노력하고 있었다.

아무리 김호진이라고 해도 자신의 생각을 다 드러내서는 안 된다는 판단을 내렸기 때문이었다.

"아니다, 나로서는 매우 호기심이 이는구나. 언제든 너의 생각을 자주 알려다오. 네 아버지와 내가 어떤 사이더냐?"

김호진은 진혁의 머리를 쓰다듬었다.

'아오! 사람은 왜 죄다 내 머리를 쓰다듬을까.'

진혁은 어린아이 취급받는 것에 기분이 확 상했지만 내색하지는 않았다.

지구에 와서 제일 적응 안 되는 것이 사람들의 이런 행동이었다.

아니… 굳이 100살 운운하지 않아도 자신의 육체는 이제 충분히 성장했다고 여겼기 때문이었다.

'아직도 어린애취급이라니.'

진혁은 좀 더 빨리 키와 근육을 키워야겠다는 생각을 했다.

진혁의 나이쯤 되면 갑작스럽게 크는 것은 일도 아니었다.

'어린애 취급당해서는 아무 일도 못해.'

진혁은 속으로 다짐을 하면서도 연신 젓가락은 소불고기를 향했다.

"덕택에 잘 먹었습니다."

진혁은 큰소리로 김호진에게 인사를 했다.

"오냐 오냐."

김호진은 진혁을 집 앞까지 차로 데려다주었다.

물론 운전은 조성진이 했다.

그들은 진혁이 집으로 들어가는 것까지 확인하고는 차를 몰아 서울대로 되돌아갔다.

얼핏 보면 모든 것이 문제가 없어 보였다.

하지만 서울대로 돌아가는 차안에서 말도 안 되는 상황이 벌어졌다.

"잘하는군."

조성진이 운전석에서 운전을 하면서 김호진에게 한마디 했다.

"감사합니다."

김호진이 뒷자리에서 머리를 조아리면서 고개를 숙였다.

"저 아이는 내가 맡겠다."

조성진의 말투는 냉랭하기 그지없었다.

좀 전에 그가 보여준 착하고 성실한 공대형의 이미지는 사라지고 없었다.

"저, 저 애를 그렇게 까지……."

김호진이 불안한 듯이 말했다.

"뭔가 있어."

"네?"

조정진의 말에 김호진은 약간 놀란 듯이 쳐다보았다.

그러나 이내 더는 반문하지 못하고 고개를 숙였다.

"저 아이 덕분에 자네 목숨이 연장됐는지 알아."

조성진의 음습하고 기분 나쁜 소리가 김호진의 목줄을 감아 죄었다.

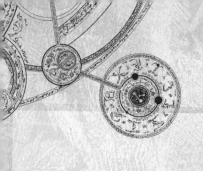

Return of the Meister

NEO MODERN FANTASY STORY

9. 대한항공

9. 대한항공

Return of the Meister

진혁은 깊은 고민에 빠졌다.

곧 대한민국은 총체적인 대혼란인 IMF가 올 것이었다.

그전에 자신이 할 수 있는 일이 무엇이 있는지 생각해보아야 했다.

'제길, 이왕 과거로 올 거면 1,2년 더 일찍 오게 하지.'

진혁은 이맛살을 찌푸렸다.

이미 지금쯤이면 각 금융기관들은 좋아라하고 해외부도 증권들을 마구 사들이고 휘청거리고 있을 때였다.

1990년대 사금융시장 양성화를 위해서 투자금융사를 종합금융으로 전환시킨 후 우후죽순 재벌가와 은행들이 앞 다투어 설립한 종합금융사들이 30여 개가 넘었다.

일명 게릴라식으로 치고 빠지는 무모한 자산 확장으로
인하여 외환위기의 주범으로 지목되고 있었다.

'국민들의 소비욕도 대단했지.'

문민정부가 들어서면서 사람들의 소비욕과 함께 해외여
행은 매년 최고치를 갱신하고 있었다.

이런 사회적인 분위기도 IMF위기를 부르는데 한몫했다.

진혁으로서는 이 모든 상황을 자신이 막을 수없다는 것
이 한심스러웠다.

'9서클만 회복되었어도.'

9서클의 대마법사는 시공간을 엿볼 수가 있다. 게다가
진혁은 판테온 세계에서 10서클을 넘보는 자였다.

그의 능력이라면 지구에서 1년 정도의 과거로 돌아가
스미소니언의 개자식들에게 종합금융사의 머저리들이 앞
다투어 부도채권을 사는 것을 막을 수가 있기 때문이었다.

'쩝. 아쉬워.'

진혁은 순간 대신종합금융의 박정민이 떠올랐다.

박정민이 머저리가 아니라면 알아보겠지.

진혁은 그의 눈에서 갈망을 엿보았다.

'아쉬우면 연락하겠지.'

진혁은 의자에 몸을 완전히 기대있다.

지금 부엌에서는 어머니 장혜자가 저녁준비가 한참이었
다.

외할머니와 함께 말이었다.

그 덕분에 진혁의 방안까지 맛있는 불고기 냄새가 퍼져 들어왔다.

'낮에도 먹었는데. 오늘은 불고기의 날이구나.'

언제 먹어도 불고기는 질리지 않았다.

진혁은 문득 책상위에 놓여있는 탁상카렌다를 보았다.

신해종합개발투자에서 만들어서 뿌린 카렌다였다.

탁.

'이거다.'

진혁은 무릎을 쳤다.

자신이 직접 회사를 설립하는 것이다.

'그야말로 꿩먹고 알먹고지.'

진혁은 자신의 힘으로 대한민국을 위기에서 이끌어내야 겠다고 마음먹었다.

뭐, 그 와중에 자신과 가족을 위해서 재산이 쌓인다면 좋고 말이었다.

진혁은 빙그레 미소를 짓다말고 탁상카렌다옆에 나란히 놓인 조그만 거울을 쳐다보았다.

거울에 비친 16살의 소년.

최근 들어 키가 커지고 근육이 붙었다고 해도 외모는 한 없이 어려 보였다.

'제길.'

지구에서 진혁에게 붙은 미성년자 딱지가 우선해결과제였다.

벌컥.

"오빠, 할머니가 나랑 진명이를 괌에 데려간데!"

소희가 기쁜 표정을 지으면서 방문 사이로 빼꼼히 얼굴을 내밀었다.

"좋겠다."

진혁은 심드렁하게 대답했다.

"부럽지? 오빠 혼자 집에서 내내 잘보내봐."

"얼마나 오래?"

가족들이 집에 내내 빈다는 소식은 사실 진혁에게 반가운 일이었다.

가족들이 집에 없다면 진혁은 지리산이나 소백산에 마나를 모으기 위해서 가볼 수가 있었다.

"자그마치 일주일이다! 8월 6일부터 12일이야."

소희는 날짜까지 친절하게 알려주었다.

"그래… 그… 뭐라고?"

진혁이는 그만 자리에서 벌떡 일어나고 말았다.

"왜 그래… 오빠?"

소희는 갑작스런 진혁이의 반응에 놀라서 두 눈만 껌뻑껌뻑 했다.

"오빠, 여기 오니깐 신나지?"

화사한 꽃분홍원피스에 하얀모자를 쓴 소희는 기분이 좋아서 어쩔 줄을 모르고 방방 뛰고 있었다.

"오랜만이구나."

장혜자 역시 딸 소희의 말에 맞장구를 쳤다.

"엄마도 같이 가면 좋은데."

소희가 안타깝다는 표정을 지었다.

"다음에 같이 가자. 어머니, 애들 잘 부탁드려요."

장혜자는 자신의 어머니를 쳐다보았다.

"다컸는데 뭐."

장혜자의 어머니, 김정자는 고개를 끄덕였다.

그녀의 마음 같아서야 딸 장혜자도 데려가고 싶었다.

이번 여행은 미군부대에서 주선한 것이었다.

미군 부대 측에선 2-3년에 한 번씩 한국장성들의 가족들을 위해서 미국령 쪽으로 해외여행을 기획하고 있었다.

하지만 그녀의 남편이 올해는 못가게 말렸었다. 사위 최한필교수의 일 때문이었다.

김정자의 입장에서는 이 기회를 놓치고 싶지는 않았다.

사위 때문에 울적해져있는 손주들의 기분도 풀어줄겸해서 남편을 설득해서 간신히 비행기를 탈 수가 있었다.

딸인 장혜자는 데려갈 수없다는 우울함이 있었지만 그래도 손주들과 함께 떠날 수 있는 것을 다행으로 여겼다.

더구나 딸은 못 데려갔지만 안갈줄 알았던 맏손자 진혁이 자진해서 따라와서 다소 마음의 위안을 얻긴 했다.

진명이도 수학경시대회등으로 외국여행은 몇 번 경험이 있긴 했으나 외할머니와 형제들끼리 해외여행을 가는 것은 처음인지라 몹시 들떠있었다.

'소희, 진명이는 2살 때였지.'

진혁이 6살 때 미국에서 한국으로 온 가족이 돌아왔었다.

그이후로 바쁜 아버지 때문에 가족들이 함께 어디 여행을 장거리로 나갔다온다는 것은 꿈도 꾸지 못했기 때문이었다.

진혁은 그런 가족들을 보면서도 전광판에 나와 있는 비행기 편을 매순간 확인하는 것을 잊지 않았다.

그들이 타고 갈 비행기 편은 에어버스 A300이었다.

'보잉747기가 아닌 건 확실하군.'

진혁은 내심 고개를 끄덕였다.

전광판 어디에도 오늘 보잉747기가 뜬다는 표시는 없었다.

'역사가 바뀐 걸까?'

진혁은 고개를 갸웃거리면서 과거의 사건을 떠올렸다.

오늘 진혁을 가족과 함께 괌여행을 따라오게 만든 사건이었다.

1997년 8월 6일 대한항공 보잉747기가 괌 안토니오 비원 팻 국제공항에서 착륙도중 추락한 것이었다.

그 일로 인해서 승객 237명중 214명, 승무원 17명중 14명이 사망하였다.

당시로서는 엄청난 사건이었다.

'그땐 우리 가족이 괌여행을 가지 않았지.'

진혁이 보기에는 확실히 과거가 바뀌었다.

하지만 그의 뇌리에는 여전히 불안감이 지워지지 않고 있었다.

과거가 바뀌면서 현재 사람의 운명도 다르게 바뀌는 경우도 있지만, 바뀐 현실에 저항해서 과거는 전혀 다른 사건을 일으키기도 하긴 때문이었다.

진명과 어머니.

분명 저 두 사람은 지금 진혁과 소희 곁에 저렇게 웃고 있는 존재들이 아니었다.

진혁이 과거를 바꾸었기 때문에 가능한 현재였다.

'혹시 모르니.'

진혁은 계속해서 그들이 타고 갈 항공편을 알리는 전광판을 주시했다.

그때였다.

야속하게도 전광판의 숫자가 천천히 바뀌었다.

보잉747기.

'아뿔싸.'

진혁이 염려했던 일이 현실로 일어났다.

'따라온다고 조르길 잘했군.'

그는 마냥 어린애처럼 웃는 가족들의 미소를 반드시 지켜낼 것을 다짐했다.

순간 전광판에 8시 22분발 김포-괌노선 보잉747기의 탑승불이 켜졌다.

네 사람은 비행기의 앞에 위치한 퍼스트클래스 석에 앉았다.

미군 부대 측에서 중장인 외할아버지 가족들을 위한 배려였다.

물론 퍼스트클래스 석엔 진혁이네 말고도 다른 장성들의 가족들이 타고 있었다.

"아이고 좋다."

외할머니 김정자는 푹신한 퍼스트클래스 석 의자가 몹시 마음에 들으신 듯 한마디 하셨다.

"오빠랑 와서 더욱 좋아요."

소희가 진혁을 보면서 말했다.

진혁은 그런 소희를 웃으면서 한번 쳐다보고는 이내 창문 쪽으로 고개를 돌렸다.

'퍼스트클래스석이라 다행이군.'

진혁으로서도 자신들이 기장들과 제일 가까이 앉을 수 있는 것을 다행으로 여겼다.

앞으로 그가 해야 할 일이 있었으니깐.

그렇기 위해서는 이코노믹 석보다는 퍼스트클래스석에에 있는 것이 더 유리했다.

거리상으로도 그렇고 승무원들의 대우도 달랐기 때문이었다.

퍼스트클래스석의 손님이 원하면 기장과 부기장이 있는 조종석을 유리 너머로 볼 수 있기 때문이었다.

진혁이 원하는 것이 그것이었다.

만일 그의 불안이 현실화되었을때을 위한 예비방책이었다.

'가만있자, 그때 분명히 억수같은 비가 쏟아졌다고 했지.'

진혁은 당시 사고순간을 기억하려고 애를 썼다.

어렸을 때부터 아버지의 강권에 의해서 웬만한 신문기사는 다 탐독했다.

IMF사건 같은 경우야 성인이 된 이후에도 관심사였지만 대한항공의 사건은 16살 때 신문기사로 접한 것이 기억의 전부였다.

워낙 대형사건이었기에 날짜와 비행기 기종은 알고 있었다.

'절대잊을수가 없지.'

대한항공의 괌추락사건은 악천후와 기장의 피로누적에 의한 조종실수라고 알려져 있었다.

진혁으로선 좀 더 자세히 추락사건이 떠오르지 않는 것이 아쉬웠다.

"애들아, 좀 쉬렴. 4시간 걸리니깐."

김정자는 손주들을 향해서 그렇게 말하고는 푹신한 비즈니스석의 의자에 몸을 맡겼다.

진명이는 비행기 안에서도 여전히 수학문제노트를 꺼내고 풀기 시작했다.

소희는 여자승무원이 갖다 준 땅콩을 먹으면서 의자에 비치된 에니를 보고 있었다.

그렇게 3시간 반이 훌쩍 지나고 있었다.

비행기의 창문너머로 짙은 먹구름과 번쩍이는 번개가 요란하게 보였다. 태풍 '티나'의 영향권에 괌이 들어가 있다고 했다.

진혁의 예상대로 심한 폭우가 쏟아지고 있었다.

'슬슬 가볼까.'

진혁은 1시간 전에 미리 견학을 해둔 조종석 쪽으로 걸어갔다.

"도와줄 일이라도 있습니까?"

VIP담당과 운항승무원의 관리를 담당하고 있는 사무장

인 박수아가 다가오면서 말을 걸었다.

이른 갓 30에 진입한 그녀이었지만 승무원답게 꾸준한 자기관리로 20대 중반이라고 여겨질 만큼 동안미녀였다.

170cm의 늘씬한 키에 대한항공 여자승무원 복장인 가푸른색의 재킷과 하얀스커트를 걸친 그녀는 멀리서 봐도 한눈에 띄일 정도로 미인이었다.

그런 그녀가 진혁을 향해 하얀 이를 환히 보이면서 얼굴 가득 미소를 지으며 다가왔다.

물론 박수아 입장에서는 진혁을 원래의 자리로 돌아가게 하기 위해서였다.

현재 비행기는 착륙 30분전이라서 조종사들이 예민해져있을 때였다.

그녀는 두 손을 나란히 배꼽 쪽으로 모으고 고개를 살짝 숙이면서 진혁에게 인사를 했다.

"지금은 이곳을 출입하실 수 없습니다."

박수아는 최대한 부드럽게, 그리고 낮게 말했다.

"아, 그냥 한 번 더 구경하고 싶어서."

진혁은 머쓱한척하면서 한손으로 뒤통수를 긁었다.

"잠깐 들여다보는 것도 안 되겠습니까?"

"죄송합니다."

박수아는 한참 나이어린 진혁에게 정중하게 사과를 했다.

'예상대로군.'

진혁은 어깨를 으쓱거렸다.

"알았습니다. 화장실 좀 잠시 사용하겠습니다."

"저기….."

박수아는 진혁이 너무도 정중한 말투를 사용하자 말문이 되레 막혔다.

"저기 금방 나오셔야 합니다."

박수아는 고개를 끄덕였다.

진혁은 안심하라는 표정을 짓고는 화장 실안으로 들어갔다.

"휴."

박수아는 한숨을 쉬었다.

아직 착륙하려면 30분 정도 시간이 남았으니깐 큰 문제는 아닐 것으로 판단했다.

사실 이 정도는 큰 트러블은 아니었다.

게다가 상대는 아직 학생이었다. 박수아는 손을 잠시 이마에 갖다 대고는 맞은편에 있는 겔리(GALLEY)로 들어갔다.

겔리는 비행기 안의 주방을 뜻하며 기내식 이동카트, 기내서비스를 위해서 사용되는 공간이었다.

그 안에는 물건들을 보관하는 컴파트먼트, 오븐, 커피메이커등이 놓여져있었다.

그녀가 착륙하기전 30분에 할 일중 가장 중요한 것은

기장과 부기장의 긴장을 풀어줄 간단한 티나 음료수를 갖다 주는 거였다.

보잉747기를 담당하고 있는 기장 최경수는 이 시간에는 꼭 무알콜칵테일인 피나콜라다를 마셨다.

달콤한 칵테일이 긴장을 풀어준다는, 최경수만의 긴장 해소법이었다.

박수아가 겔리에 들어섰을 때는 이미 미 신입승무원 이미영이 차와 음료수의 준비를 마쳐놓았다.

"눈치 빠르네."

박수아는 흡족한 미소를 지으면서 이제 막 피어오르는 20대 초반의 견습신입생을 바라보았다.

대한항공과 함께 박수아의 십년이 어느새 흘런간 것을 새삼 느낄 수 있었다.

아무래도 이제 풋풋하게 피는 20대 초반과 자신은 확연히 차이가 날 수밖에 없었다.

'아니야, 나에겐 그동안 쌓은 커리어가 있잖아? 박수아, 괜한 질투 말고 일에 집중하자.'

박수아는 미소를 띠면서 이미영이 준비한 피나 콜라다 잔을 살펴보았다.

"파인애플주스가 좀 적게 들어갔네."

"조리법대로 콜라다믹스 1온스와 파인애플주스 2온스를 섞었는데요. 선배님."

이미영의 얼굴엔 아주 잠깐 당황하는 빛이 보였다.

"보통은 그렇지, 기장님은 좀 더 달게 마시거든."

박수아는 이미영이 말리 새도 없이 트레일러위에 놓인 잔 안에 들어있는 피나콜라다를 싱크대에 가차 없이 버렸다.

"내가 만들 테니…."

박수아는 이미영을 향해서 한번 미소를 지어주었다. 괜히 신입승무원에게 선배가 까다롭게 군다는 이미지를 주고 싶지 않았다.

그녀는 다시 내용물을 쏟아낸 잔을 옆으로 치우려다 잔의 밑바닥에 남겨져있는 이물질을 발견했다.

순간 그녀의 얼굴은 새하얗게 질렸다.

'침착해, 박수아.'

박수아의 심장은 터질 것만 같았다.

아주 찰나였지만 그녀의 머릿속은 온갖 생각으로 미친 듯이 돌아갔다.

하지만 그녀는 다년간 항공승무원으로 훈련을 받아왔다.

이미영을 붙잡고 상황을 물어보는 것은 만의 하나있는 사태에서는 도움이 되지 못한다는 깃을 잘 알고 있었다.

게다가 이미영은 신입승무원이었다.

박수아는 새삼 이미영을 오늘 처음 신체검사와 브리핑

때 보았다는 것을 깨달았다.

물론 이미영의 기록은 완벽했다.

박수아는 이번 신입기수의 연수교육때 스마일 교육을 담당했었다.

박수아는 애써 그때의 기억을 떠올리면 이미영이 있었는지 생각해보았다.

'연수생들을 다 기억할 수는 없겠지만 오늘 전에는 본 적이 없어.'

만약, 이미영이 신분을 위조해서 입사한 것이라면.

박수아의 머릿속은 순식간에 혼란스러워졌다.

그녀는 자신의 얼굴표정을 들키지 않도록 시간을 끌었다.

이미 싱크대에 부었던 잔을 아무렇지 않게 사용한 잔들이 놓인 공간에 올려두고 선반안에서 새잔 을 꺼내들었다.

지극히 짧은 시간이었지만 박수아에겐 너무도 긴 시간이었다.

이제는 이미영의 얼굴을 마주볼 시간이었다.

박수아는 천천히 등을 돌렸다.

"파인애플주스 2.5온스로 새로 만들어줘. 난 잠깐 승객들 상황 보고 올게."

그녀는 얼굴에 미소를 지으면서 이미영에게 새잔을 건네주었다.

탁.

짧고 둔탁한 소리가 겔리 안에 울려 퍼졌다.

풀썩.

박수아의 몸이 그와 동시에 힘없이 바닥에 쓰러졌다.

견습신입생, 이미영은 바닥에 널브러진 박수아를 보면서 낮고 냉랭한 어조로 말했다.

"동무래, 티 팍팍 났어야."

이미영은 박수아의 목에 두 손가락을 갖다 대었다.

'죽으면 곤란하지.'

이미영은 겔리안에 놓여있는 의자위에 박수아를 끌어앉혀놓았다.

행여 겔리안에 누가 보더라도 박수아가 잠시 깜빡 잠든 것처럼 보일 것이다.

"조선민주주의인민공화국 만세, 김정일 어버이 수령 동지 만세."

자신을 제외한 아무에게도 들리지 않을 정도의 작은 목소리로 중얼거리며 그녀는 새로 음료수를 만들었다. 그러면서 그녀는 트레일러를 밀고 겔리를 나섰다.

그런 그녀의 모습을 지켜보는 자들이 두 명 있었다.

퍼스트클래스석의 맨 앞자리에 앉아있던 아랍인들이었다.

아랍인들 치고 다소 왜소한 체격이었지만 그들의 눈빛

만큼은 비장하기 이를 데가 없었다.

그들의 임무는 이미영이 원래 계획대로 성공했을 시에는 딱히 할 일이 없었다.

자신들의 목숨으로 임무를 완수하는 것 외엔.

하지만 만약 원계 획이 실패한다면 이들의 역할은 매우 중요하게 된다.

그들은 이글거리는 눈빛으로 이미영이 조종석실 안으로 트레일러를 밀고 들어가는 것을 몰래 지켜보았다.

한편, 조종사 전용 화장실에 들어간 진혁은 조종석실쪽으로 정신을 집중했다.

2서클의 마법으로는 육중하게 닫혀있는 조종석문을 통과하기는 애초에 불가능했다.

그렇다고 실망할 진혁이 아니었다.

그는 아까 견학차 조종석실을 방문했을 때 기장의 정신과 자신의 정신을 이어지는 스피리츄얼 마법을 연결시켜 놓았다.

2서클인지라 장거리는 불가능하지만 이정도의 거리로는 충분히 기장의 상태를 체크하고 힐링마법을 걸어줄 수 있었다.

보잉 747기의 사고원인이 기장의 누적된 피로라면 그 원인을 미리 제거하는 셈이었다.

물론 30여분 남은 시간 내내 스피리츄얼 마법과 힐링마법을 연결할 수는 없었다. 진혁은 기장의 상태를 체크하고는 잠시 기다리기로 했다.

아직 착륙을 시도하기 전까지는 25분여 시간이 남아있었다.

진혁은 또 하나의 변수를 위해서 마나량을 극대치로 모으고 있었다.

예전 기록에 따르면 착륙 6분전 미리 곰에서 고장 났다고 통보받았던 활공각지시기의신호가 갑작스럽게 잡혔다고 했다. 기장과 부기장은 그 때문에 혼란에 빠져, 고도 확인 절차를 생략함과 동시에 규정 고도를 무시하게 되었다고 했다. 사고 이후, 그 신호는 지상의 다른 장비에서 송출된 것으로 밝혀졌다.

그럴 경우 최고조로 달하는 기장의 긴장상태가 오히려 스피리츄얼마법으로 인해서 더욱 혼란에 빠질 수가 있었다.

원래 인간의 정신이나 의지는 마법으로 완전히 제압할 수는 없는 법.

하지만 진혁에게 불가능은 없었다.

'이없으면 잇몸으로 하지.'

진혁의 잘생긴 얼굴에 살짝 구겨졌다.

자신이 9서클의 대마법사가 더는 아니란 사실이 몹시 그의 속을 쓰라리게 했다.

'개학 전까지 지리산에 가있어야겠군.'

어머니 장혜자가 허락하고 말고는 애초에 염두에 두지 않았다.

과거 지구에 살 때는 햄릿형의 스타일이 최진혁이었다. 하지만 판테온 세계에서의 그는 자신이 해야겠다고 결정한 일은 무슨 일이 있든 지간에 반드시 처리하고 말았다.

그는 어떤 일이든 움직이지 않으면, 결단내리고 그 책임을 완벽하게 지지 않으면 성공도 뒤따르지 않는다는 것을 판테온 세계에서 좌충우돌하면서 겪어나갔다.

그리고 그 결과는 판테온 세계의 최고, 최초.

아니, 전무후무한 1인자의 사나이, 9서클의 대마법사가 되지 않았던가.

지구로 돌아온 뒤에도 이런 성향은 곧잘 드러나곤 했다. 어머니 장혜자도 지금쯤이면 진혁의 성향을 알고 계실 것이다. 그녀가 말려도 소용없다는 것도.

하지만, 장혜자는 아들 진혁이 어떤 일을 하든지 간에 밝히지 못하는 이유라고 해도 타당하고 중요한 일이라는 것을 조금씩 이해하고 있었다.

'내 마력만 회복된다면.'

9서클의 대마법사였다면, 아니 최소한 7서클만 됐어도 이렇게 화장실에 숨어있지 않으리라.

진혁은 문득 화장실 변기위에 앉아있는 자신의 모습을 내려다보다가 벽에 달려있는 거울을 쳐다보았다.

'많이 회복됐네.'

진혁은 거울에 비친 자신의 모습에 살짝 입 꼬리가 올라갔다.

불과 한 달 만에 그의 모습은 확연히 달라져있었다.

듬성듬성 나있던 여드름도 말끔히 얼굴에서 사라졌다.

아직 어린 티는 얼굴에 나긴 했지만 눈만큼은 깊고 짙게 느껴졌다.

게다가 몸에는 제법 근육이 붙어서 깡말랐던 몸이 다소 보기 좋아지고 있었다.

'백발노인보다야 젊은 게 낫겠지.'

완전히 마음에 드는 모습은 아니었지만 그는 흡족한 미소를 보였다.

그런 생각도 잠시 진혁은 다시 조종석실로 정신을 집중했다.

지금 그가 해야 할 일은 보잉 747기가 안전하게 착륙할 수 있도록 하는 일이었다.

그의 이성은 현재 자신이 할 수 있는 일과 할 수 없는 일

에 대해서 판단하고 최선과 최상의 일을 하도록 요구하고
있었다.

'어차피, 시간문제지.'

진혁은 자신에 찬 미소까지 짓는 여유를 지었다.

'가족들은 잘 있겠지.'

그는 일시적이지만 이삼십 분 정도 가족들을 속일 환각
마법도 자신의 자리에 걸어놓았다.

그가 걸어놓은 환각마법, 일루젼마법이 진혁을 대신해
가짜 진혁을 만들어서 조용히 책을 보면서 자리에 앉아있
었다.

오랜 시간 가능하지 않더라도 30분정도의 시간은 진혁
에게 벌어줄 수 있었다.

가족들은 그가 조용하게 앉아서 착륙을 기다리는 정도
로 생각할 것이다.

'이것으로 준비는 다됐나?'

진혁은 몸 안에 마나량이 충분히 차오르는 것을 스캔하
고는 고개를 끄덕였다.

아직 충분한 시간은 있었지만 그는 만일의 변수를 위해
서 수시로 조종석실을 체크하기로 했다.

만약 그가 실패한다면 그의 가족들뿐만 아니라 승객들
거의 전부가 사망이었다.

이번 일은 진혁에게 매우 중요하고도 목숨과 직결되는

문제였다. 실패한다면 그와 그의 가족들, 비행기 안에 있는 사람들의 목숨으로 실패한 대가를 지불하게 될 것이었다.

하지만 성공하면 또 한 번 과거를 바꾸게 되는 것이었다.

미래를 바꾼다.

자신의 손으로 미래를 바꾼다는 것은 마법사들에게서 굉장한 매력이자 열망이었다.

'이크, 누군가 들어오는군.'

진혁은 조종석실안에 스튜어디스복을 입은 예쁜 여자가 트레일러밀고 오면서 기장에게 문을 두드리는 것을 보았다.

'음료수를 주려나보군.'

진혁은 트레일러 위에 놓은 음료수와 차를 확인하고는 고개를 끄덕였다.

다음순간 그는 불길한 느낌이 들어 자리에서 벌떡 일어났다.

'뭔가 잘못됐어.'

마법사 진혁으로서가 아니라 소드마스터로서의 기감이 그에게 경고를 주고 있었다.

진혁이 화장실문에서 튀어나오는 동시에 부기장이 이미영을 확인하고는 조종석실의 문을 열어주었다.

부기장은 이미영이 트레일러를 밀고 안으로 들어오게

옆으로 비켜서면서 막 화장실에서 나온 진혁을 보고 미소를 띄웠다.

"학생, 그만 자리에 가서 앉아."

"잠깐 조종석실 구경할 수 있을까요?"

"아까 구경 온 학생 아니야?"

부기장 이경환은 진혁을 알아보았다.

"어이, 이제 조종사들의 시간이야."

최경환은 엄지손가락을 치켜뜨면서 윙크를 했다.

그사이 이미영은 기장 최경수에게 피나콜라다를 건네었다.

"박수아가 바쁜가 보지?"

"네, 저보고 갖다드리라고 했습니다."

"그 여자가 만들었고?"

기장 최경수는 피나콜라다를 받아들고는 도통 마실 생각은 안하고 이미영에게 연신 질문을 하고 있었다.

"제가 만들었습니다."

이미영의 입술은 바짝 타들어갈 것만 같았다.

'어서, 어서 마시라우.'

그녀는 자신의 주매력인 섹시한 미소를 최경수에게 지어보였다.

어느새 이미영의 손가락은 최경수의 목을 안마하고 있었다.

"제가 기장님을 위해서 열심히 만든거에요."

그녀는 비음 섞인 목소리로 최경수의 귓가에 얼굴을 바짝 대고 속삭였다.그러나 그게 되레 화근을 불러왔다.

"자네 지금 뭐하나?"

기장의 목소리가 살짝 커졌다.

그와 동시에 조종석실 문 앞에 있던 부기장 이경환과 진혁의 시선이 안으로 쏠렸다.

그 순간 비즈니스석의 맨 앞자리에 앉아있던 두 사내가 벌떡 일어섰다.

동시에 이미영의 양손이 기장의 턱과 머리를 감쌌다.

휘익.

쿠쿵쿠쿵쿵.

이미영은 갑작스런 기체의 흔들림에 몸을 비틀거렸다.

그와 동시에 자신의 손안이 허전하다고 느꼈다.

응당 자신의 앞에 있어야할 기장이 어느새 창가 쪽에 쓰러져있었다.

"제길."

이미영은 짧게 신음했다.

악천후로 인해서 기체가 흔들리는 바람에 기장을 죽일 타이밍을 놓친 것이었다.

사실 진혁이 그녀보다 한발 먼저 빨리 공간이동마법을 사용하여 기장을 창가 쪽으로 이동시켰다.

부작용이라면 창가 쪽으로 이동할 때 급한 나머지 던졌다고나 할까.

어쨌거나 이곳의 누구도 진혁이 마법을 사용한 것이라고는 꿈에도 생각지 못했다.

이미영은 짜증나는 표정으로 기장이 있는 쪽을 향했다.

"기장님이 쓰러졌어요!"

그때 누군가의 고함소리가 났다. 진혁이었다.

이미영은 진혁이 부기장과 문 앞에서 서있었다는 것을 기억해냈다.

예상대로였다면 그녀는 기장에게 피나콜라다를 서빙하고 자연스럽게 빠져나갔을 텐데.

이미영은 일이 꼬이기 시작한다는 것을 직감했다.

그녀로서는 일단 눈앞의 서있는 학생을 처리하지 않으면 안되었다.

방금 이미영은 기장의 목을 비틀려고 했다.

동시에 학생의 고함소리가 났으니 필시 그 광경을 보았을 것이었다.

'어린 동무, 어차피 오늘 죽을 운명이야. 다른 승객들보다 좀 일찍 죽는 것뿐.'

이미영은 진혁을 향해서 싸늘한 미소를 날렸다.

"안됐어."

그녀는 한마디하고는 진혁 앞으로 한발 내딛었다.

이미 작전은 2단계로 접어들었다.

예정대로였다면 기장은 그녀가 탄 약이 든 피나콜라다를 마신 덕에 극심하고 최악의 피로감을 느끼게 될 것이었다.

바깥에서는 공항의 유도장치를 고장 냈다.

당연히 자동 착륙은 불가능한 상태인데다 날씨마저 그들의 작전을 도와주는 듯했다.

시계가 좋지 않은 상황에서 조종사는 육안에 의존한 채 하강착륙을 해야 한다.

바깥에서는 조종사들이 하강착륙을 할 때쯤이면 조종을 교란시킬 작전까지 이미 준비가 마쳐있는 상태였다.

'본래 임무는 간단했었는데……'

이미영의 얼굴에서 짜증이 확 돋아 있었다.

우드득.

그녀는 두 손을 깍지 끼고는 힘을 주었다.

"어… 어… 살… 살려주세…요."

진혁은 일부러 뒷걸음치면서 놀란 소리를 냈다.

하지만 그의 표정은 전혀 두려워하는 기색이 없었다. 오히려 이미영을 향해서 경멸하는 눈빛, 그리고 조소를 날리는 것 같은 느낌마저 들었다.

'쟤, 뭐야?'

이미영이 그런 진혁을 태도를 보고 다소 황당했다.

사실 진혁이 겁먹은 척 소리를 내는데 는 이유가 있었다.

보통 비행기에는 블랙박스, 즉 조종석에 배치되어있으며 조종사들의 모든 잡담까지 녹음되는 칵핏 보이스레코더(음성기록장치)가 있었기 때문이었다.

진혁으로선 이 사태를 해결하는 것도 중요했지만 나중 쏟아질 이목을 사전에 차단해야 했다.

"이리와."

이미영은 진혁을 향해서 손짓을 했다.

진혁은 부기장을 흘끔 쳐다보았다.

부기장 이경환은 비상버튼을 누르려고 하고 있었다.

휘리릭.

"으악!"

이경환이 소리를 지르면서 주저앉았다.

그의 손등엔 길이 10cm쯤되 보이는 단도가 찍혀있었다.

이미영의 짓이었다.

그녀는 진혁에게 다가가려다 비상버튼을 누르려는 부기장을 막기 위해서 단도를 날린 것이었다.

"허튼 짓 마."

"곧 사람들이 몰려올 거야."

부기장 이경환은 이미영을 향해서 소리 질렀다.

"니들이 죽고 나면."

2단계 작전에 도입한 이상 이미영은 거리낄게 없었다.

더 이상 승무원 신분으로 가장해서 남조선 놈들에게 알랑방귀를 뀔 필요도.

조종사들에게 미소를 실실 날릴 필요도 없었다.

이미영은 진혁을 향하던 발걸음을 옮겨 부기장 이경환 쪽으로 몸을 돌렸다.

동시에 이경환의 눈을 향해서 단도를 날리려고 했다.

진혁은 몸을 날려 이미영의 발목을 잡았다.

흔들.

그녀의 몸이 순간 휘청거렸다.

그 바람에 이경환을 향해 날린 단도는 빗나가 버렸다.

"이놈이!"

휙.

이미영은 자신의 발목에 매달려있는 진혁의 손을 가볍게 뿌리쳤다.

진혁은 옆으로 데르르르 굴러가는 듯 해보였다.

"어린 것이 겁도 없군."

이미영은 진혁을 보면서 한마디 하다가 순식간에 열이 받아버렸다.

진혁이 바닥에 구르는 채로 그녀를 향해서 혀를 날름거리면서 비웃었기 때문이었다.

마치 자신의 화를 유도하기 위한 것처럼 말이었다.

"어린놈 죽고 싶다면야!"

쿵. 쿵. 쿵.

이미영의 구두가 진혁을 향해서 사정없이 내리쳤다.

그사이 부기장 이경환은 진혁을 도우려고 몸을 일으키려 했다.

하지만 자신의 말과는 달리 몸이 조종석이 있는 쪽으로 움직이고 있는 걸 깨달았다.

'저 애가 죽게 내버려둘 수는 없어.'

그의 의지는 그렇게 자신에게 말하고 있으나 도통 몸이 말을 듣지 않았다.

그는 꿈에도 몰랐다.

진혁이 자신과 기장에게 스피리츄얼 마법을 연결해놓았다는 것을.

비록 짧은 시간이라고 해도 기장과 부기장은 진혁의 말, 즉 명령에 자동으로 몸이 움직이고 있는 셈이었다.

'몸이 왜 이러지?'

부기장의 눈은 진혁을 향해있으면서도 몸은 조종 칸에 앉고 있었다.

'미… 미안하네.'

부기장 이경환은 지금 진혁이 시간을 벌려고 하고 있다는 것쯤은 알고 있었다.

이정도 소란이 나면 항공보안요원들이 몰려올 것이다.

그동안만 어떻게든 이미영을 잡고 있어야 했다.

게다가 지금은 자동항법으로 비행 중이었지만 곧 착륙을 위해 수동으로 비행준비를 해야 한다.

진혁은 부기장이 조종석에 앉은 것을 확인하고는 잽싸게 몸을 일으켜 세웠다.

"흥, 시간을 끌어봐야 소용없어."

이미영은 진혁의 속셈을 간파한 듯 코웃음을 쳤다.

그녀가 보기엔 진혁은 그저 어린애가 영웅놀이에 빠져 있는 것 같았다.

그녀의 말은 사실이었다.

진혁이란 존재가 그녀가 보는 것처럼 평범한 학생이 아니라는 것만 빼고 말이었다.

덜컥.

조종석실 문을 거칠게 열고 아랍인들 두 명이 들어왔다.

셋은 서로 눈짓을 주고받았다.

아랍인들이 이미 사전에 입수된 정보에 따라서 비행기 안에 손님으로 가장해서 탑승하고 있던 항공보안요원 두 명을 처리했다.

"무… 뭐…야?"

진혁은 당황하는 듯하게 말했다.

상황은 바뀌었다.

좀 전이라면 이 소리가 비행기 안에 있는 보안요원들에게 들리기를 바랐을 것이었다.

하지만 아랍인들을 보는 순간 더 이상 외부의 도움을 받기는 글렀다는 것을 알았다.

그럼에도 진혁은 겁에 질린 연기를 내려놓지 않았다.

이들을 처리하고 난 이후, 일어나게 될 골친 아픈 소동은 피해야 하니깐 말이었다.

"10초만 줘."

이미영이 두 사내에게 말했다.

두 아랍인이 팔짱을 끼었다.

이미영은 희미한 미소를 지으는가 싶더니 동시에 그녀의 주먹이 진혁을 향해서 날아갔다.

휘익.

콰아앙!

정확하게 그녀의 오른팔은 진혁의 복부라고 생각되는 곳을 강타했다.

으으윽.

그러나 신음소리는 진혁이 아닌 이미영이었다.

"이… 이게."

이미영은 자신의 주먹을 본능적으로 감쌌다.

아파도 너무 아팠다.

웬만한 극한의 고통에 단련된 그녀였다.

하지만 이건 쇠에 주먹을 강하게 날린 고통과 맞먹었다.

진혁은 고통에 찬 이미영을 쳐다보고는 씨익 웃었다.

"왜 혼자서 벽을 치고 난리십니까?"

이미영은 조종석실 한쪽 벽면에 선명하게 표시되어있는 자신의 흔적을 보았다.

그제야 진혁이 자신의 펀치를 잽싸게 피했다는 것을 깨달았다.

"쥐새끼 같은 놈."

이미영은 말로는 그리 중얼거렸지만 머릿속에선 한차례 경고가 울렸다.

분명 자신은 진혁의 바로 앞에서 주먹을 날렸기 때문이었다.

그 상황에서 자신의 주먹을 피했다면 눈앞의 학생이 평범하지 않다는 것을 의미하기도 했다.

이미영은 재차 공격 자세를 취했다.

뒤에 있던 두사내중 한 사내도 이미영을 도와 진혁을 향해 협공 자세를 취했다.

그들은 이미영이 이곳에 있는 모든 사람들을 처리할 수 있다는 것은 알고 있었다.

하지만 빠르게 작전을 수행할 필요성이 있었기 때문에 더 이상 그녀의 자존심을 쓸데없이 세워주느라 시간을 허비할 수는 없었다.

"이건 못피할 거다."

이미영의 두 손이 진혁을 향해 뻗는 동시에 뒤에 있던 사내의 오른발이 그대로 날아왔다.

휘익.

진혁은 재빠르게 자신의 허상을 그대로 이미영 앞에 두고 자신의 몸은 인비지블마법을 시현하여 투명화시켰다.

그리곤 그들의 공격이 끝나자마자 바로 옆에서 자신의 몸을 드러냈다.

파팟!

으아아아아악!

이미영의 어깨가 사내의 오른발에 정확하게 가격 당했다.

으지지직.

"어어어!"

발을 날린 사내는 일순 당황했다.

그리곤 이미영의 바로 옆에 진혁이 멀쩡한 채로 서있는 것을 보았다.

"으으음. 십새끼, 똑바로 안 해?"

이미영은 눈앞의 사내에게 화를 퍼부었다.

진혁은 혼자 피식 웃었다.

부기장이 보기엔 저들끼리 분열되는 것처럼 보일 테지.

'이제 곧 사람들이 몰려오겠지.'

진혁이 시간을 끌면 끌수록 자신의 정체가 드러날 위험성이 있었다.

진혁은 자신에게 단단히 열 받은 이미영과 두 사내를 쳐다보았다.

다음순간, 하얀 터번을 쓴 아랍인 한명이 진혁을 향해 쏜살같이 몸을 날렸다.

휘이익.

사내의 오른발 뒤꿈치가 진혁의 가슴팍을 향해서 날아갔다. 그와 동시에 본의 아니게 이미영을 공격했던 사내 역시 진혁을 향해서 주먹을 내질렀다.

"어?"

"어?"

두사내는 서로를 쳐다보았다.

그들은 잠시 이 상황을 이해하기 위해서 눈만 껌벅거렸다.

진혁의 가슴팍인줄 알았더니 같은 편의 가슴팍이었다.

진혁의 머리통을 향해 주먹을 내질렀는지 알았는데 그것도 역시.

그제야 두 사내는 불같은 고통을 느끼고는 비명을 질렀다.

으아아아악.

"이런 미친것들."

이미영 역시 기가 막혔다.

애송이가 잽싸도 너무 잽쌌다.

자신의 공격은 물론 같이 임무에 파견된 두 사내의 공격마저 날렵하게 피한 것이었다.

'내가 저런 것들과 임무를 하러 오다니.'

명색이 북한인민공화국 최고의 정예부대에서 훈련받은 작자들이었다.

이미영은 진혁의 시선이 두 사내에게 향해있는 것을 보고 그중 한 사내와 눈빛을 교류했다.

눈빛을 교류한 사내가 진혁에게 날리는 동시에 그의 등 뒤에서 이미영의 손이 바람을 가르고 날아왔다.

퍼억.

팍!

으윽.

이미영의 외마디 비명소리.

어느새 진혁에게 공격을 했던 사내의 손이 이미영의 복부를 치고 있었다.

이미영의 손 역시 사내의 오른쪽 어깨를 쳤다.

사내도, 이미영도 이 상황이 이해가 가지 않았다.

순간 이미영의 동공이 커져만 가더니 이내 몸의 균형을 잃는가 싶더니 바닥에 쓰러졌다.

어느새 진혁이 그녀의 옆으로 다가와 서있었다.

'슬리피마법이 먹혔군.'

진혁은 바닥에 쓰러져있는 이미영을 쳐다보았다.

일부러 이미영에게 허점을 보이느라 등을 돌리고 있던 그였다.

진혁은 아까 두사내는 상대할 때와 마찬가지 방식으로 제압했다.

아니 거기에다 한 가지 마법을 더 시현했다.

슬리피마법.

두 사람에게 슬리피마법을 시현할 수 없는 게 진혁으로 선 오히려 안타까웠다.

진혁의 몸 안에서 마나의 양이 급속도로 빠져나가고 있었다.

가뜩이나 얼마 되지도 않은 마나를 짧은 시간 안에 많이 소모했기 때문이었다.

'역부족이군.'

그때였다.

슈슉슉.

다른 사내가 진혁이 방심한 사이에 팔을 뻗어 목을 감쌌다.

휘청.

진혁이 살짝 사내의 몸을 밀쳤다.

사내는 이해할 수가 없었다.

분명 진혁의 목을 자신의 팔로 감쌌다. 그런데 상대의 가벼운 손짓하나로 자신이 어이없게 밀려난 것이었다.

두 사내는 서로에게 눈짓을 했다.

그중 한 사내가 조종 칸에 앉아있는 부기장 쪽으로 몸을 돌렸다.

그들에게 눈앞의 진혁보다 더 중요한 것은 그들의 임무였기 때문이었다.

어차피 이들은 이젠 살아 돌아간다는 것은 생각지도 않았다.

진혁의 한쪽 눈썹이 위로 치켜 올라갔다.

'너무 시간을 끌었군.'

동시에 그의 몸이 빠른 속도로 움직였다.

이번으로 끝내야 했다.

진혁은 자신의 몸 안에 남은 마나를 최대치로 끌어올렸다.

다른 사내 역시 진혁을 향해서 몸을 날렸다.

슝슝슈우욱.

으악!..

파파파팟.

으으헉!

팟.

쿵.

순식간에 세 남자의 몸이 엉겼다.

누구의 비명소리인지도 확인할 길이 없었다.

아니, 누가 누구를 공격하고 있는지조차 말이었다.

극히 짧은 시간이었다.

…….

부기장 이경환의 눈에는 모든 상황이 전광석처럼 흘러 갔다.

쿠쿵.

그런 소리가 난 다음 순간, 진혁의 몸이 부웅 뜨는 것 같 더니 바닥에 떨어졌다.

"으악!"

진혁은 거친 비명소리를 냈다.

"괜… 괜찮아?"

부기장 이경환은 진혁을 향해서 소리쳤다.

"으으윽. 좀 다친 거 같아요."

진혁이 몸을 움켜쥐면서 대답했다.

그제야 부기장 이경환은 바닥에 널브러져있는 두 사내 의 모습을 보았다.

그자들의 모습은 처참 그 자체였다.

진혁이 사내들이 재공격할 수없도록 완전히 전신을 두 들겨 팼기 때문이었다.

아니, 정확히는 서로가 서로를 팬 것이었다.

그들의 눈에는 서로가 진혁으로 보였기 때문이었다.

진혁은 슬쩍 곁눈질로 그들을 한번 보고는 다시 신음소리를 내는 척 했다.

아직은 자신이 드러나면 곤란하다는 판단에서 이었다.

때마침, 관제탑에서 신호가 왔다.

보잉707기 괜찮은가?

응답하라. 응답하라.

동시에 조종석실 밖에서 남자승무원 한명과 여자승무원 두 명이 달려오고 있었다.

"기장님, 기장님."

진혁은 서둘러 기장에게 힐링마법을 시현했다.

"으으."

기장의 눈이 벌떡 떠짐과 동시에 가벼운 신음소리가 났다.

"비… 비행기는?"

"안전합니다."

부기장 이경환이 먼저 대답했다.

"으으윽."

기장은 몰려오는 심한 두통에도 불구하고 몸을 일으켜 세우려 했다.

"좀 쉬십시오."

진혁이 그런 기장을 부축했다.

"도대체 상황이?"

기장은 바닥에 쓰러져있는 이미영과 2명의 아랍인들을 보면서 말했다.

"저 자가 우리를 도왔어요."

진혁은 바닥에 널브러진 사내중 한 명을 가리켰다.

그리고는 전혀 이해가 안간다는 식으로 고개를 갸웃거렸다.

언뜻 보면 상황이 그랬다.

진혁을 향해서 공격하려던 이미영을 제압했던 것도 그 사내였고, 또 다른 사내가 공격하려는 것을 막은 자도 그 사내였다.

"휴."

기장의 입에서 안도의 한숨소리가 나왔다.

하지만 이내 기장도, 부기장도 고개를 갸웃거렸다.

도대체 이 상황을 어떻게 이해해야할지.

그들은 공중 납치하러 온 자가 마음을 바꾸어서 자신들을 도왔다는 것에는 가슴을 쓸어내렸다.

이유가 뭐가 됐든 간에 그 덕에 자신들이 살아남을 수 있지 않았던가.

게다가 그들의 작전이 성공했더라면 자신들뿐만 아니라 승객들 전원.

그야말로 생각하기도 싫은 끔찍한 상황이었다.

"용감했어."

이경환은 좀 전에 진혁이 이미영의 공격에서 자신을 보호해준 것을 떠올리고는 말했다.

"누구라도 그랬을 거에요."

진혁은 머쓱하게 웃었다.

"괜찮으십니까?"

승무원들이 조종실로 들어왔다.

그들은 눈앞에 펼쳐진 상황을 보고는 좀 전까지 얼마나 긴박한 상황이었는지 깨달았다.

그사이 기장과 부기장이 조종석에 앉아있었다.

"우리는 괜찮네."

그들은 입을 딱 벌리고 서있는 승무원들에게 말했다.

"이자들 좀 처리해주게."

"아니, 상황이…."

남자승무원이 채 뭐라 하기도 전에 기장과 부기장은 관제탑에게 연락을 취하느라 정신이 없었다.

승무원들의 시선은 당연히 진혁에게 향했다.

이 시간에 이곳에 있어서는 안 될 사람이었기 때문이었다.

"전 화장실에 있었는데 갑자기 비명소리가 나서……."

남자승무원은 고개를 끄덕이고는 바닥의 세 사람을 보았다.

일단은 이들이 움직일 수 없도록 묶어두어야 하기 때문
이었다.

풀썩.

다음순간, 옆에 서있던 여자승무원들의 얼굴이 사색이
되었다.

"학생, 나가있어야겠다. 필요하면 이따가 찾아갈게."

남자승무원은 그렇게 말하고는 바닥에 널브러진 사람
들, 시체들을 빠른 손길로 처리하기 시작했다.

그 옆에 여자승무원들도 떨리는 손으로 남자승무원을
도왔다.

'언제?'

진혁은 연민의 눈으로 아랍인들을 쳐다보았다.

그들의 입에 거품이 나있는 것을 보니 자신들의 입안에
든 독약앰플로 자결한 것 분명했다.

급소를 맞아 정신을 잃었을 것이라고 생각했는데, 반사
적으로 자결을 해버린 것이었다.

저럴 지경까지 가려면 얼마나 독하게 훈련을 받아야 하
는 건가.

아니, 자신의 생명을 경시할 만큼 얼마나 세뇌를 받아야
하는 걸까.

'죽었군.'

진혁의 입가에 씁쓸한 미소가 떠올랐다.

"너 언제부터 거기 있었니?"

외할머니는 방금 전까지 자신들의 앞에 있던 진혁이 어느새 옆에 서있자 깜짝 놀랐다.

"방금 왔습니다."

진혁은 아무렇지도 않은 척 자리로 가서 앉았다.

물론 일루젼마법으로 만들어놓았던 가짜는 그가 도착하기 직전에 없애 버렸다.

다행히 외할머니, 소희, 진명은 아무런 의심을 하지 않았다.

진혁이 그들보다 앞자리에 앉아있었기 때문에 미처 화장실을 간 것을 못 본걸로 생각하는 듯했다.

진혁은 말없이 자리에 앉아 창가로 시선을 돌렸다.

'후.'

판테온 세계에서도 수없이 많은 사람들과 생명들이 죽어나가는 것을 목격한 그였다.

그런데 오늘은 감정이 복잡 미묘해졌다.

비행기를 공중납치하려고 북한에서 보낸 자들이 분명했다. 다만, 그들 중 두 명이 아랍인이라는 점이 다소 마음에 걸렸다.

저들이 어떤 의도로 비행기를 납치하려고 했는지, 그 배후가 누구인지 혼란스러웠다.

'저들에게도 가족이 있었을 테지.'

임무 하나에 자신들의 목숨을 애초에 포기하고 비행기를 탔을 것이다.

'반드시 북한을 내손으로 아작 내고 만다.'

진혁의 눈은 어느새 이글이글 타오르고 있었다.

승객여러분, 곧 착륙하오니…….

비행기 안은 여자승무원의 경쾌한 소리가 어느새 흘러나오고 있었다.

무사히 비행기가 착륙한 후 진혁은 승무원들과 함께 조사를 받았다.

괌에서의 4박 5일 일정 동안, 진혁은 수시로 경찰들과 항공조사원들의 방문을 받거나 그들이 있는 곳을 방문해야했다.

진혁이 본 상황들을 진술하기 위해서였다.

"비행기가 잠시 흔들렸고 그 사이 세 사람이 지네들끼리 뭐라 뭐라 하더니 싸움이 났어요."

진혁과 부기장의 진술은 한결같았다.

기상상황이 좋지 않았기 때문에 기체가 흔들리는 것은 너무 당연했었다.

그 덕분에 기장이 이미영의 손에서 살아난 것으로 판단했다.

더구나 죽은 자들은 말이 없는 법.

결국 두 사내 중 한 사내가 나머지 사람들을 배신한 것으로 잠정 결론을 냈다.

다만, 그 이유를 이제부터 알아내야 한다.

보잉 707기를 공중납치하려고 시도한 자들이…….

진혁과 가족들이 한국에 돌아왔을 때에도 여전히 메인뉴스는 보잉707기의 공중납치시도에 관한 것이었다.

"오빠, 저들 중 한명이 배신하지 않았더라면 우리는 어떻게 되었을까?"

소희가 저녁 9시 뉴스를 보다말고 몸을 움찔했다.

"끽."

진혁은 손으로 목을 긋는 시늉을 했다.

"으헝."

소희가 놀란표정으로 양손으로 양볼을 감쌌다.

진혁의 눈엔 그런 소희가 너무나 귀엽고 예뻤다.

'오빠가 언제까지나 널 지켜줄게.'

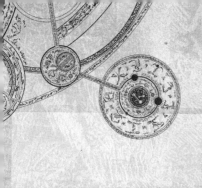

Return of the Meister

NEO MODERN FANTASY STORY

10. 계룡산에서 만난 인연 1

10. 계룡산에서 만난 인연 1

Return of the Meister

북한, 평양.

평양고려호텔은 총 45층의 규모에, 객실 수는 500여개이며 한번에 1,000석을 수용할 수 있는 특급호텔이다.

특히 북한을 방문하는 외국인들의 단골숙소로 이용되고 있는데, 세계 각국과 통화할 수 있는 국제전화와 텔렉스 등도 구비돼있는 등 문화시설이 훌륭하게 갖추어져있는 곳이었다.

그런 이유 때문에 다른 곳에서는 볼 수 없는 자유로움이 넘치고 있었다.

객실담당종업원이든 안내데스크의 직원이든 모두 한결같이 만면에 미소를 지으면서 오고가는 사람들을 반겼다.

그런데 오늘은 여느 때와 달랐다.

새벽부터 들이닥친 당정치국위원들 때문이었다.

한두 명도 아니고 서열 2위에서 13위인 당정치국위원들 전부가 호텔을 방문한 것은 이례적인 일이었다.

공식행사가 있어 사전에 통지된 상태도 아니었기 때문에 직원들 얼굴에는 긴장감이 감돌았다.

게다가 그들은 한꺼번에 들어온 게 아니라 시간차를 두고 한명씩 방문하고 있었다.

마치 사전에 약속을 하고 온 것처럼 말이었다.

"어디 계시지?"

데스크를 찾는 당정치국위원들의 비서들 질문은 한결같았다.

"무궁화스위트룸에 계십니다."

"지금 올라가신다고 통보하게."

조성택당정치국위원의 비서가 고압적인 자세로 말했다.

"순서를 기다리셔야겠습니다."

데스크에 있는 직원들은 어쩔 줄 모르고 있었다.

앞서 먼저 들이닥친 당정치국위원이 있기 때문이었다.

누구 하나 소홀할 수는 없었다.

물론 이 시간에 방문한 조성택당정치국위원이 서열5위라 앞서 방문한 당서열 10위인 이룡신 당정치국위원보다 높은 것은 사실이었다.

그러나 그들은 오는 순서대로 이들을 차례차례 올려 보내라는 통보를 받고 있었다.

직원들이야 그야말로 수난시대였다.

행여나 이들 중 한사람의 눈에라도 잘못 들면 아오지탄광행으로 이어질지 모르기 때문이었다.

"이 간난새끼가 누구보고 기다리래!"

비서의 목소리가 커졌다.

순간 로비는 정적에 감돌았다.

비단 데스크직원 한사람의 문제가 아니었다.

그때였다.

조성택당정치국위원이 자신의 비서 어깨에 손을 올려놓았다.

"기다리지."

"알, 알겠습니다."

비서는 상관의 말에 되려 어쩔줄 모르는 표정을 지었다.

그와 동시에 데스크에 있는 직원들의 표정이 밝아졌다.

그리고 그들은 동시에 의문이 생겼다.

도대체 무궁화스위트룸에 있는 외국인은 누구란 말인가?

그 외국인에 대한 신분파악이 전혀 이루어져있지 않았다.

그런데 서열 5위인 당정치국 위원마저 로비에 앉아 기다리게 하는 파워를 가지고 있었다.

곧이어 조성택뿐만 아니라 당서열 2위인 최해상도 평양고려호텔을 도착했다.

이들 모두 무궁화스위트룸에 묵고있는 사내와의 면담을 방문한 것이었다.

상황을 보니 이들의 서열과는 상관없이 무궁화스위트룸에 묵고 있는 자가 지정한 순서 같은 것이 있는 듯 했다.

차례차례 무궁화스위트룸을 방문하고 나온 당정치국위원들의 얼굴엔 긴장하는 빛이 역력했다.

면담을 마치고 나온 최해상을 앞서 면담을 끝낸 조성택이 기다리고 있었다.

당정치국 서열상 자신보다 높은 자보다 먼저 면담을 끝내는 것은 부담스러운 일이었다.

하지만 그보다 더 무서운 자가 있기 때문에 어쩔 수 없이 지시에 따라 면담을 해야 했다.

어쨌든 평양고려호텔 로비엔 면담을 마친 당정치국위원들이 나중에 온 당정치국위원들을 기다리고 있었다.

"맡은 일은 어떻게 됐나?"

최해상이 낮은 목소리로 조성택에게 물었다.

"예정대로 내일 오전쯤 텔레반쪽에서 자신들이 저지른 일이라고 성명을 발표한다고 합니다.

"잘됐군."

최해상은 고개를 끄덕였다.

"그년은?"

"이미 사람을 보냈습니다."

조성택이 최해상의 눈치를 보면서 말했다.

이미영, 북한 최고의 공작원이자 그녀가 어렸을 때 최해상이 아끼던 노리갯감이었다.

"잘했어."

최해상의 목소리엔 말과는 다르게 아쉬워하는 흔적이 느껴졌다.

하지만 그로서는 개인적인 감정 따위는 중요하지 않았다.

그녀의 실패와 생존은 최해상, 자신의 신변에도 악영향을 끼칠 것이 분명해보였다.

김정수 국방위원장은 이미 자신과 이미영의 관계를 다 알고 있을 것이었다.

자신뿐만 아니라 모든 간부들은 이미 김정수 국방위원장의 손바닥 안에 있었다.

국방위원장이 마음만 먹으면…….

최해상으로서는 생각만 해도 끔찍한 상황이었다.

지금 그는 발등에 불 떨어진 셈이었다.

조성택은 그런 최해상을 무덤덤하게 바라보았다.

하지만 그의 속마음은 좀 달랐다.

평소 최해상을 좋지 않게 보던 그였다.

'내가 놓친 게 없겠지.'

조성택은 최해상이 추락하는 것을 볼 수 있다는 희망이 좋았다.

만약 최해상이 국방위원장의 눈 밖에 나게 된다면 자신의 지위가 한층 더 올라갈 수 있을 것이라는 기대를 했다.

하지만 그전에 자신이 맡은 임무, 텔레반이 제대로 움직여주어야 가능한 것임을 잊지 않았다.

조성택은 텔레반이 움직여줄 것을 확신했다.

오늘 면담에서 이미 그 점을 확인받지 않았던가.

어쨌든 사건해결은 텔레반쪽에서 나서준 만큼 원활하게 처리될 것이다.

텔레반의 발표가 있고나면 국제사회는 더 이상 보잉707기의 사건 주범으로 북한을 지목하지 않으리라.

북한의 공작원인 이미영의 신분은 재일동포였다.

그녀가 5년 전 텔레반에 포섭된 것으로 일을 마무리질 것이다.

이미영이 쉽게 입을 열지도 않겠지만, 열 수도 없을 것이었다.

이번 사건을 준비한 북한으로서는 애초에 자신들의 소행이라는 것이 발각되지 않게 은밀하게 일을 처리하려했다.

하지만 만일의 수도 준비를 해놓은 상태였기 때문이었다.

당분간 남한사회의 메인뉴스는 최한필교수의 납치건이 아닌 보잉707기에 관한 소식일 것이다.

그들 국민성은 금방 끓고 식는 냄비들이니깐.

여론만 돌리면 다른 건 든든한 울타리가 북한에게 유리한 방향으로 움직이도록 물밑작업을 해줄 것이었다.

그 힘이 있기에 그들이 서슴없이 일을 벌일 수 있도록 해주고 있었다.

'왜 이런 일을 벌일까?'

문득, 조성택은 궁금해졌다.

굳이 국제사회의 여론을 돌리기 위해서 보잉707기를 폭파하려고 했던 점이 이해가 되지 않았다.

의문은 꼬리에 꼬리를 물었다.

경수로 때문에 남한에 있는 핵물리학자인 최한필교수를 납치한 것도 이해가 되지 않았다.

아마 당정치국위원 서열2위인 최해상도 그 이유를 모를 게 뻔했다.

'모든 게 그 자의 손에서 움직이고 있다.'

조성택은 자신도 모르게, 무궁화스위트룸으로 향하는 승강기를 쳐다보았다.

지금 이 호텔 무궁화스위트룸에 있는 자, 좀전에 자신이 만났던 자를 떠올렸다.

그리고 그 자와 그 자가 속한 단체가 갖고 있는 파워가 얼마나 강한지를 다시 한 번 상기하고 있었다.

그런 자가 자신들의 편이라는 사실이 여간 다행인게 아니었다.

지금 북한은 그 자와 그 자가 속한 단체의 비호를 받고 있었다.

김정수 국방위원장이 곧 만3년상이 끝나는 10월이면 당 총비서로 추대될 것이었다.

중국과 러시아는 김정수 국방위원장이 하는 일에 절대적으로 지지하겠다고 은밀히 알려오지 않았던가.

분명 그 두 나라에도 그 힘이 뒤에서 작용하고 있을 것이었다.

아니 그 두 나라뿐만이 아닐 것이었다.

조성택이 알 수 없긴 해도, 분명 다른 여러 나라에서도 은밀하게 북한을 지지해줄 것이었다.

조성택은 자신의 조국이 강한 힘을 가질 수 있는 기회가 왔다는 것에 흥분마저 일었다.

❖

곰에 돌아오자마자 진혁은 바로 다음날 짐을 쌌다.

이제 개학까지 보름여 시간밖에 남지 않았기 때문이었다.

지구에서 아직 학생신분인 이상 학교를 빠질 수는 없었다.

개학을 하게 되면 꽤 많은 시간이 학교 다니는 것으로 낭비될 것이 뻔했다.

조금이라도 더 많은 마나량이 아쉬운 진혁으로선 개학 전까지 남은 시간을 잘 활용해야 했다.

어머니 장혜자를 설득하는 것은 쉬운 일이었다.

다짜고짜 심각한 미소 한번 날리면 그만이었다.

문제는 여동생 소희와 진명이었다.

자신들도 따라가겠다고 난리를 치는 통에 간신히 그들을 떼어내고 와야 했다.

'보름동안은 다른 것에 신경 쓸 여유가 없다.'

그렇게 동생들을 떼어내고 서울역으로 간 진혁이 올라 탄 기차는 지리산으로 향하고 호남선이 아닌 대전이었다.

시청에서 1호선을 갈아타려고 기다리던 중 한쪽 벽면에 붙어있던 계룡산의 모습이 진혁을 강하게 끌었다.

'인연인가?'

어차피 지리산으로 반드시 향할 이유가 없었다.

아는 사람도 없고 말이었다.

진혁은 결국 대전으로 향하는 표를 사들고 기차에 몸을 싣게 된 것이었다.

대전역에서 내린 진혁은 계룡산 갑사로 향하는 순회버스에 올라탔다.

마지막 휴가철이어서 그런지 순회버스안에는 꽤 많은 관광객들이 타고 있었다.

'민박 값이 꽤 비싸겠군.'

진혁은 머리가 지끈해졌다.

이 세상에서 돈쓰는 일이 제일 싫었다.

'이러니 소희가 스크루지영감이라고 놀리지.'

진혁은 소희를 떠올리자 살짝 미소가 절로 났다.

"얘."

낭랑한 여자애의 목소리가 들려왔다.

진혁은 의아한 표정을 지었다.

마치 여자애의 목소리가 자신을 부르는 것 같았기 때문이었다.

그러나 이 버스에 그가 알 만한 사람이 없었다.

아니, 이곳뿐 아니라 대전 어디에도 진혁이 알 만한 사람들이 없었기 때문이었다.

"너, 말이야."

한 여자애가 진혁의 등을 콕콕 찔렀다.

진혁은 그제야 자신의 뒷좌석에 앉아있는 있는 한 여자애를 발견했다.

다소 깡마른 몸집에 얼굴엔 주근깨가 가득했고 양볼은

불그스름한 여자애였다. 게다가 여자애가 입은 흰 광목천으로 만든 원피스는 마치 부대자루를 그대로 뒤집어쓴 것처럼 보이기까지 했다.

전체적으로 왜소하기 그지없는 모습이었다.

잘 봐주어야 9살? 10살쯤 되어보였다.

"날 불렀니?"

진혁은 의아해하면서도 여자애를 향해서 고개를 돌렸다.

순식간에 버스안의 승객들의 이목이 여자애와 진혁에게 쏠렸다.

"……."

진혁의 물음에 여자애는 아무런 대답을 하지 않았다.

'애가 왜이래?'

진혁은 의아한 표정을 지었다.

"무슨 일이니?"

진혁은 재차 여자애에게 말을 걸었다.

멀뚱멀뚱.

여자애는 아무런 말도 없이 그저 진혁을 쳐다보고 있었다.

진혁은 어깨를 한번 으쓱하고는 민망해서 고개를 앞으로 돌렸다.

'이상한 애네.'

진혁은 자신의 뒤통수가 따갑게 여겨졌다.

여자애의 시선이 여전히 자신을 보고 있기 때문이었다.

'사람을 착각한 걸까?'

하지만 여자애가 아는 사람인줄 알고 불렀다가 진혁의 얼굴을 보고 민망해서 저런다고 하기엔 다소 무리가 있었다.

너무 빤히 자신의 뒤통수를 보고 있었기 때문이었다.

"갑사주차장입니다!"

버스기사의 목소리가 낭랑하게 울렸다.

그러자 버스 안에 있던 관광객들이 가방을 챙겨들고는 일제히 일어났다.

진혁도 당연히 일어섰다.

갑사주차장에 내리니 제일 먼저 눈에 띄는 것들이 수없이 많은 민박집과 펜션을 알리는 표지판들이었다.

'잘 데는 많겠네.'

진혁은 눈을 들어 계룡산을 쳐다보았다.

산봉우리에서 강한 기운들이 힘차게 뿜어대고 있는 모습이 장관이었다.

물론 평범한 사람들은 산의 기운을 당연 볼 수는 없다.

어쩐 일인지 진혁은 지구에 와서는 점차 사람들의 기운이나 사물의 기운들을 빠르게 느끼고 있었다.

판테온 세계에서 소드마스터였던 감각이 지구에서는 기

운을 볼 수 있게 해주었다.

'오긴 잘 왔네.'

진혁은 만족스러운 표정을 지었다.

그때였다.

툭툭.

진혁의 등을 누군가 살짝 두드렸다.

그 여자애였다.

"무슨 일이지?"

진혁은 의아한 듯이 물었다.

"머무를 데 찾고 있지?"

여자애는 난데없이 질문했다.

'얜 도대체 뭐지?'

진혁은 살짝 기가 막혔다.

좀 전까지 오는 버스 안에서 내내 자신의 뒤통수를 뚫어지게 보았던 여자애였다.

그런데 지금은 뜬금없는 말을 하고 있었다.

보통 처음 보는 사람에게 말을 걸 데는 인사를 한다든지 통성명을 한다거나, 혹은 단도직입적으로 길을 묻던지 한다.

진혁은 여자애의 행동이 매우 특이한 것에 호기심이 일었다.

"난 좋은데서 잠잘 돈 없다."

진혁이 무덤덤하게 말했다.

"알아, 따라와."

여자애는 진혁의 태도는 아랑곳없이 앞서 걸어갔다.

그녀는 진혁이 따라올 것이라는 확신을 하는 듯 했다.

진혁은 모르게 엉거주춤 여자애의 뒤를 따라 걸었다.

그로서는 지금 딱히 예약한 민박집이 있는 것도 아니었다.

그러니 여자애가 소개하는 민박집을 가보는 것도 나쁘지 않을 것이란 생각을 했기 때문이었다.

아니, 그보다는 호기심 때문이었다.

진혁의 마음속에서 여자애의 특이한 행동에 대한 혹기심이 일었기 때문이었다.

여자애는 총총걸음으로 주차장을 빠져나와 갑사 쪽을 향했다.

진혁도 여자애를 조용히 따라갔다.

멈칫.

여자애가 밑동만 남은 느티나무 앞에서 발걸음을 멈추었다.

진혁도 덩달아 발걸음을 멈췄다.

여자애는 두 손을 모아 가슴에 대고 허리를 숙여 느티나무를 향해 합장을 했다.

'뭐지?'

진혁은 의아한 듯 밑동만 남은 느티나무를 자세히 쳐다
보았다.

'아.'

진혁은 자신도 모르게 탄식이 절로 나왔다.

느티나무 밑동에서 뿜어지는 하얀 기운을 발견했기 때
문이었다.

일반적 나무하고는 확실히 달랐다.

'뭐 마을을 수호해주는 그런 나무 같은 건가?'

진혁은 여자애가 합장을 마칠 때까지 엉거주춤 서있었
다.

"서낭당 신목이야."

여자애가 빤히 진혁을 쳐다보면서 말했다.

"그렇구나."

진혁이 대답했다.

여자애는 또 말없이 총총 걸음을 했다.

'이걸 따라가 말아?'

진혁은 일순 망설였다.

그러나 한번 지핀 호기심은 끝없이 따라가라고 그를 종
용하고 있었다.

결국 진혁도 여자애가 걸어간 쪽으로 따라갔다.

그러나 채 1, 2분도 안되어 여자애는 발걸음을 멈추었
다.

그곳엔 수정식당과 유정민박집이라고 쓰여 있는 간판이
크게 써 있었다.

계룡산을 올라가는 초입구에 세워져있어서 제법 사람들
로 많이 붐비고 있었다.

"들어와."

여자애는 진혁에게 손짓한번 하더니 수정식당으로 들어
섰다.

진혁은 일순 망설였다.

그가 찾는 것은 민박집이지 식당이 아니었기 때문이었다.

하지만 여자애의 이상한 행동에 대해서 주체할 수 없는
호기심이 일고 있었다.

진혁은 자신도 모르게 식당 문을 열고 들어섰다.

식당 안에는 꽤 많은 사람들이 식사를 하고 있었다.

종업원들은 연신 서빙 하느라 정신없이 움직이고 있어
서 그런지 누구하나 진혁에게 관심을 두지 않았다.

진혁은 재빠르게 여자애를 찾았다.

여자애는 어느새 식당 안쪽 주방가까이 서있었다.

그리고 여자애 앞에 50대 중년으로 보이는 한 여인이
서있었다.

"엄마, 내가 데려왔어."

여자애는 그 여인에게 엄마라고 부르면서 진혁을 향해
서 손을 가리켰다.

여인은 진혁을 흘끔 보더니 여자애에게 질문을 했다.

"쟤가 길 잃은 고양이니?"

"아니."

여자애는 도리질을 했다.

그사이 진혁은 이 상황을 어떻게 해야 할지 엉거주춤 서 있을 수밖에 없었다.

"그럼?"

여인은 여자애에게 다그쳤다.

"큰 손님. 잘 모셔."

"......"

여인은 여자애의 말에 아무런 대꾸도 하지 않았다.

그저 진혁과 여자애를 번갈아 쳐다보았다.

여자애는 자신의 엄마가 그러건 말건 진혁을 향해서 걸어왔다.

"여기서 묵어. 이 아줌마가 방 내줄 거야."

여자애는 진혁에게 자신의 엄마를 아줌마라고 지칭하면서도 태연해했다.

'보통은 우리 엄마가 방을 내줄 거야라고 하지 않나?'

진혁은 고개를 갸웃거리다 자신을 바라보고 있는 식당 여인을 의식하고는 말했다.

"저, 아닙니다. 호기심이 일어서 저도 모르게 따라왔습니다."

진혁은 자신을 쳐다보는 여인의 눈초리가 부담스러워서 재빨리 인사를 하고 식당을 나서려고 했다.

"아닙니다, 이 아이가 한 말이니 제가 책임져야죠."

여인은 의외로 정중한 태도로 진혁의 손을 잡았다.

"이곳에 방이 하나 있습니다. 이곳에 계실동안 여기서 머무십시오."

"그렇게 안하셔도."

진혁이 난색을 표했다.

"꼭 머물러주십시오. 제 딸년이 신기가 좀 있어 큰손님을 알아보곤 합니다. 돈을 달라고 하는 말이 아니니 오해는 마십시오."

여인은 재빠르게 말을 마치더니 여자애에게 고개를 끄덕였다.

"그래도."

"오빠, 그만 들어가자."

망설이는 진혁을 여자애가 잡아끌었다.

'신기? 큰손님? ……당분간 지켜볼까.'

한번 터진 호기심은 그칠 줄을 모르고 더욱 그를 이곳에서 머무르라고 부채질 하고 있었다.

아니, 그보다는 무슨 이유인지 모르겠지만 이곳에 눌러 있어도 될 것 같다는 느낌이 그를 엄습했다.

진혁은 여자애가 이끄는 대로 식당 안쪽에 있는 방에 들어섰다.

언뜻 향내가 나는 것이 신당이 있던 곳 같았다.

"나 이제 무당 안 해."

여자애가 불쑥 말했다.

"그래."

진혁은 고개를 끄덕였다.

여자애가 무당이건 아니건 사실 진혁에게는 상관이 없었다.

"짐 풀고 식당으로 나오면 아줌마랑 종업원들이 밥차려 줄 거야."

"내가 이런 대접을 왜 받아야하지?"

진혁이 여자애에게 물었다.

"아까 아줌마에게 들었잖아. 오빠는 큰 손님이니깐."

여자애는 대답했다.

그리곤 좀 전까지와는 다르게 전혀 다른 표정을 지었다.

마치 진혁을 신기한 사람 보듯이 말이었다.

여자애는 기대에 찬 표정을 가득 지으면서 말했다.

"어떻게 하면 오빠처럼 될 수 있는지 정말 궁금해. 여기 묵는 동안 난 오빠만 졸졸 따라다닐 거야."

여자애는 혀를 쏘옥 빼면서 날름거렸다.

그리곤 진혁이 뭐라 할 새도 없이 방밖으로 나가버렸다.

진혁으로서는 여자애의 모든 행동이 다 황당하기 그지 없었다.

좀 전까지, 이곳에 들어서기 전까지는 그저 말수가 적은 이상한 여자애처럼 행동했었다.

그러더니 지금은 말괄량이 여자애처럼 행동하는 게 아닌가.

정말 적응이 되지 않는 여자애였다.

'내가 마법사라는 것을 알아보는 걸까?'

진혁은 의아한 표정을 지으면서 여자애가 나간 쪽을 쳐다보았다.

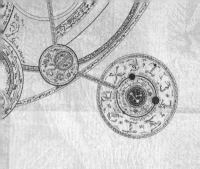

Return of the Meister

NEO MODERN FANTASY STORY

11. 계룡산에서 만난 인연 2

11. 계룡산에서 만난 인연 2

넌 안 바쁘니?"

진혁이 물었다.

"한가해."

지혜가 답했다.

"매일 이렇게 따라올래?"

"응."

"안 지루해?"

"재밌어."

"어이쿠."

"왜?"

"아니다."

진혁은 머리를 절레절레 흔들었다.

계룡산에 온지 벌써 사흘째였다.

여자애, 이지혜는 처음온날 말했던 것처럼 자신의 말을 지켰다.

진혁이 화장실 갈 때를 제외하곤 그야말로 하루 종일 졸 졸 따라나섰다.

진혁이 밥 먹을 때 밥 먹고 계룡산에 올라갈 때 따라 올 라갔다.

계룡산 자체는 험준한 산은 아니었다.

그렇다고 해도 깡마른 체격의 여자애가 거침없이 진혁 을 잘도 따라다녔다.

사실 진혁의 입장에서 여자애가 따라다니는 것 자체는 귀찮을 뿐이지 큰 문제는 아니었다.

지금 그에게 가장 큰 문제는 계룡산에 관광객들이 많아 도 너무 많다는 것이었다.

게다가 조용한 장소를 찾았다 싶으면 누군가 이미 선점 하고 있었다.

전국각지에서 계룡산을 찾는 기인들이나 도사, 무당들 이 있기 때문이었다.

"……"

진혁의 얼굴엔 낭패감이 떠올랐다.

이곳에 오기 전까지 상상하던 그림이 아니었기 때문이

었다.

"오빠, 무슨 생각해?"

이지혜가 그런 진혁의 얼굴을 보면서 물었다.

이지혜는 진혁을 자신의 집으로 안내한 이후 오빠라고 부르고 있었다.

진혁은 이지혜를 보면 동생 소희가 생각났다.

그래서 그녀를 여동생처럼 여겼다.

"그냥."

진혁은 얼버무리듯이 말했다.

"오빠, 혼자 있을 곳 찾지?"

"알고 있었니?"

"응."

이지혜는 진혁의 앞을 걷기 시작했다.

애초 진혁의 목적을 다 아는 것처럼 말이었다.

그렇게 두 사람은 말없이 산속을 30분여 걸었다.

"여기야."

이지혜는 조그만 계곡을 가리켰다.

그곳엔 자그마한 폭포수가 있었다.

'동굴이 있군.'

진혁은 고개를 끄덕였다.

겉보기에는 초라한 장소 같았지만 폭포수 뒤로 숨어있는 동굴은 그야말로 진혁이 원하던 장소였다.

'진작 알려주지.'

진혁은 이지혜와 함께 사흘이라는 시간을 보낸 것이 아깝긴 했다. 그에겐 이젠 닷새정도밖에 시간이 남아있지 않았기 때문이었다.

'곧 개학을 하니.'

진혁은 이맛살을 찌푸렸다.

한편으론 지금이라도 이런 장소를 찾아주었으니 다행이라고 여겼다.

"미안해, 오빠가 궁금해서 그동안 좀 시간을 끌어봤어."

이지혜의 붉은 볼이 더욱 붉어졌다.

"아니다."

진혁은 이지혜의 머리를 쓰다듬어주었다.

"오빠, 여기."

지혜는 아까부터 매고 있던 배낭을 진혁에게 건네주었다.

오늘 계룡산을 헤집고 다닐 때부터 진혁이 배낭을 들어주겠다고 해도 지혜는 한사코 거절했었다.

아마도 오늘 이곳을 안내한 뒤에 자신이 직접 건네주고 싶었나 보았다.

진혁은 배낭 안을 열어보았다.

안에는 육포와 초콜릿등과 함께 생수가 몇 통 들어있었다.

진혁은 지혜의 배려에 사흘간 계룡산을 헤매던 서운함
이 날아가 버렸다.

　"잘했다."

　"나 오빠 칭찬받았다."

　이지혜가 방긋 웃었다.

　진혁의 사소한 한마디 한마디에도 몹시 좋아해주는 이
지혜였다.

　더구나 그녀의 말투는 영락없이 여동생 소희와 닮았다.

　진혁은 그런 이지혜의 머리를 한번 쓰다듬어주었다.

　"그만 가라."

　"오빠가 들어가는 거 볼게."

　끄덕!

　진혁은 이지혜의 시선을 뒤로한 채 조심스럽게 동굴 안
으로 들어갔다.

　'이럴 수가.'

　겉에서 본 것과는 달리 동굴 안은 매우 깊었다.

　진혁은 라이트링마법으로 동굴 안을 희미하게 밝혔다.

　그리고 거침없이 동굴안쪽으로 더 깊숙이 들어섰다.

　'뭐지?'

　한참을 동굴안쪽으로 걷던 진혁은 무언가 앞쪽으로 막
혀있는 것을 깨달았다.

　언뜻 보면 동굴은 이것으로 끝난다.

하지만 진혁은 눈앞의 벽이 가짜임을 알수가있었다.

누군가 임의로 더 안쪽을 숨기기 위해서 막아놓은 것이었다.

"익스플로젼!"

진혁은 벽의 정중앙을 향해서 익스플로젼마법을 약하게 시현했다.

동굴천장에 영향을 주지 않고 벽만 뚫어야 했다.

퍼어어엉.

쿠르르르르! 쿠릉!

폭파 음과 함께 벽들이 흔들거렸다.

우르르르륵!

꽈꽝꽈쾅!

벽이 흔들린다 싶었는데 순식간에 천정에서조차 돌덩어리들이 쏟아지기 시작했다.

'아차, 너무 셌나보다.'

진혁은 재빠르게 자신의 주변을 쉴드로 치면서 고개를 숙였다.

순식간에 천장이 무너져버렸다.

"휴우."

진혁은 요란한 소리가 더 이상 들리지 않자 한숨을 쉬었다.

휘이이잉.

어디선가 부드러운 산들바람이 날아와 진혁의 머리카락을 어루만졌다.

'뭐지?'

진혁은 천천히 몸을 일으켜 앞쪽을 쳐다보았다.

눈이 부셨다.

환한 빛과 부드러운 바람이 진혁을 향해서 웃고 있었다.

"아니, 이게?"

다음순간, 진혁의 눈은 동전 만해졌다.

분명 동굴 안이 무너졌었다.

그렇다면 사방이 돌덩어리들로 쏟아져있어야 했다.

그런데 지금 그가 서있는 곳은 지상낙원이 따로 없는 곳이었다.

동굴 안이라고 보기 어려울 정도로 울창한 숲이 눈앞에 펼쳐졌다.

어디 그뿐인가.

이름을 알 수 없는 생명체들이 평화롭게 공중을 날거나 거닐고 있었다.

'여기가 어디지?'

진혁은 멍한 표정을 지으면서도 울창한 숲속으로 천천히 걸어 들어갔다.

판테온 세계에서·100년의 시간을 보내온 그였다.

이정도의 환상에 기죽을 그가 아니었다.

'평화롭구나.'

진혁은 이름을 알 수 없지만, 탐스럽게 익은 과일 하나를 따서 입에 베어 물었다.

"으음."

달콤한 과즙이 입안으로 들어와 목구멍으로 타고 들어갔다.

'마나가.'

진혁은 목구멍을 타고 몸 안으로 들어간 과즙이 마나로 변환하는 것을 느꼈다.

그동안 지구에서 죽어라 열심히 한 달 치 모은 것보다 더 많은 양이었다.

'이럴 수가.'

진혁은 허겁지겁 나무에 열린 열매를 따서 먹기 시작했다.

이거야말로 로또 당첨보다 더한 경사였다.

진혁으로서는 덩실덩실 춤을 춰도 모자를 판이었다.

눈앞에 지혜가 있었다면 뽀뽀라도 해주고 싶은 심정이었다.

이런 곳에서 몇 년이건 살고 싶은 마음이 굴뚝같았다.

'다른 사람들은 없을까?'

열매를 잔뜩 먹어 마나의 갈증을 해소한 진혁은 그제야 이곳에 자신과 같은 사람들이 있는지 찾아 헤매기 시작했다.

그에게는 다행스럽게 아무리 뒤져보아도 이곳에 다른 사람의 흔적은 보이지 않았다.

'이런 것도 기연인가?'

어쨌거나 진혁으로서는 자신 외에 다른 사람들이 없다는 것에도 안도감마저 들었다.

부스럭부스럭.

'음, 저게 뭐지?'

진혁은 자신의 앞에 나타난 것을 믿기지 않는다는 눈으로 쳐다보았다.

환상의 동물 유니콘.

말과 같이 생겼지만 전체가 다 빛처럼 밝게 빛나는 하얀색에 이마에 한 개의 뿔이 달려있었다.

틀림없는 유니콘이었다.

히이잉 히잉.

그런 유니콘이 진혁을 향해서 푸드덕질을 하고 있었다.

'타라는 건가?'

진혁은 유니콘 앞으로 한걸음 다가갔다.

그러자 유니콘은 자신의 다리를 낮추어 진혁이 타기 좋게 자세를 낮추었다.

휘익.

그 덕분에 진혁은 거침없이 유니콘의 등에 올라탔다.

타타탁타탁.

휘익.

나는 건지, 달리는 건지도 모르게 유니콘이 움직이고 있었다.

'좋구나.'

진혁은 쏜살같이 스쳐지나가는 숲속의 광경들을 어떻게 서든지 더 보려고 안력을 돋구었다.

모든 것이 아름다웠다.

그렇게 한참을 유니콘은 달려갔다.

숲속의 한가운데 다다랐을 때였다.

히힝힝.

유니콘이 멈추었다.

순간 진혁은 눈앞의 광경에 심장이 터질 것만 같았다.

"엘 라그시아"

진혁은 소리쳤다.

북유럽신화에 이그드라실로 나오는 세계수였다.

'판테온에선 엘 라그시아지.'

진혁은 자신의 눈이 믿기지 않는다는 듯이 세계수를 올려다보았다.

울창한 나뭇잎은 빛에 반짝거려서 눈이 부실지경이었다. 게다가 하늘을 향해 뻗은 나뭇가지는 그 끝이 보이지 않을 정도였다.

주변의 모든 경관을 압도하고도 남는 장관이었다.

"고맙다."

진혁은 정신을 차리고 유니콘의 등에서 내렸다.

그가 내리자마자 어느새 유니콘은 사라지고 없었다.

진혁은 여전히 감격어린 시선으로 세계수를 쳐다보았다.

'계룡산이 영험한 이유가 있었구나.'

진혁은 고개를 끄덕였다.

설마 각 세계 마다 한그루씩 있는 세계수가 한국에, 그것도 계룡산에 있다니.

그로서는 놀라울 수밖에 없었다.

서울역에서 자신을 부른 것은 세계수였다는 것을 깨닫는데 는 채 시간이 걸리지 않았다.

"너구나."

진혁은 세계수를 어루만지면서 떨리는 음성으로 중얼거렸다.

반가운 느낌이 그의 몸으로 들어왔다.

판테온 세계에서도 이랬다.

그곳의 엘 라그시아도 진혁을 좋아했다.

진혁은 늘 새벽시간엔 엘 라그시아가 있는 곳으로 갔다.

마치 다정하고 오래된 친구를 만난 듯, 진혁은 판테온 세계에서 엘 라그시아와 처음만난날부터 친구처럼 대했다.

말은 안 해도 느낌과 마음으로 통했다.

진혁이 고민하면 엘 라그시아도 고민했다.

진혁이 외로워하면 엘 라그시아가 다정하게 위로해주었다.

판테온 세계에서 진혁이 대마법사로 거듭날 수 있었던 것은 엘 라그시아가 있었기 때문이었다.

언제나, 한결같은 친구처럼 늘 진혁의 마음을 보다듬어주었다.

"날 찾아주었구나."

진혁은 눈앞의 세계수를 어루만지고 또 어루만졌다.

판테온 세계에서의 엘 라그시아와 지구의 세계수는 전혀 별개의 존재가 아니었다.

엘 라그시아가 세계수이고 세계수가 엘 라그시아였다.

그것은 어느 세계나 마찬가지이다.

진혁이 감싸 안는 팔 안으로 마나가 흘러들어왔다.

판테온의 그때처럼.

진혁의 몸이 빠르게 마나로 꽉 차기 시작했다.

〈2권에서 계속〉